La conspiration des chats

Les chats pourraient-ils
dominer le monde ?

L'image de couverture représente un chat couronné, car seule
une couronne sied à Sa Majesté le Chat (ou la Chatte).

Avec un chat portant chapeau,
on aurait eu un chat chapeauté.

Avec un chat portant sur lui, pour éviter les chatouillis,
un châle dans un chalet,
voire une chapka sur un chariot
menant à un châtaigner près d'un château,
on aurait eu un joli chat un petit peu trop chatouilleux.

Mais, qu'il soit couronné ou chapeauté, avec ou sans châle,
qu'il soit chat de chanoine portant chasuble et chapelet
dans une chapelle pour faire du prêchi-prêcha
à chaque chaland de chacun des commerçants du coin,
ou chat d'un châtelain chasseur chevauchant un chameau
pour faire passer un fil dans le chas d'une aiguille
à l'aide d'un chamallow chauffé au chalumeau
lors d'un show sous un chaud chapiteau,
adressez-vous donc à lui (ou elle)
avec un langage châtié car
Sa Majesté le Chat (ou la Chatte)
est toujours chatoyant (e).

Joël Carobolante

La conspiration des chats

Les chats pourraient-ils
dominer le monde ?

*

En hommage à Félicette (C 341 pour les intimes, devenu Félix par rapport à Félix le Chat, puis Félicette), première chatte au monde lancée dans l'espace par la France en 1963 depuis le Sahara algérien, et seul chat à avoir survécu à un vol spatial. Avant elle, il y avait eu Laïka, une chienne des rues russe, morte dans l'espace, puis des chimpanzés et des hommes, ainsi que des rats français dont le premier s'appelait Hector. Une autre fusée française partit en 1963, mais cela se passa mal et le chat mourut. Quant à Félicette, elle fut euthanasiée pour récupérer et étudier les électrodes implantées dans son cerveau. Depuis 2919, sa statue trône dans le hall des pionniers de l'International Space University de Strasbourg. Que son souvenir perdure à jamais.

*

© 2023 Joël Carobolante

Édition : BoD – Books on Demand, info@bod.fr
Impression : BoD – Books on Demand, In de Tarpen 42,
Norderstedt (Allemagne)

Impression à la demande

ISBN : 978-2-3224-6227-8
Dépôt légal : août 2023

Chats de tous les pays, unissez-vous !

Le monde est à vous !

I

Le nuage

Contrairement à la légende, il ne s'était pas arrêté pile-poil à la frontière. En 1986, le nuage de Tchernobyl, faisant fi de contrôles douaniers d'ailleurs inexistants à son altitude, avait allègrement survolé la France.

Contrairement à la légende encore, le nuage n'avait pas été sans conséquences sur les organismes vivants de notre pays. Tout d'abord, il avait rendu les Français follement inquiets, ce qui n'avait pas manqué de susciter moult débats. Et puis surtout, il y avait eu le cas de Moumouche.

Moumouche ? Ben, oui, Moumouche ! Moumouche, une belle petite chatte irradiée qui avait mutée peu après l'arrivée du nuage : Moumouche, une mutante !

Si l'évolution des espèces a pu se produire sur notre planète, ce fut grâce aux mutations. Il n'y avait donc rien de déshonorant pour Moumouche à être une mutante. Du reste, elle n'avait rien demandé, ça lui était tombé dessus comme ça, sans prévenir. En génétique, les mutations sont normales. La plupart ne sont pas positives et disparaissent avec les générations suivantes, faute d'avoir pu apporter une utilité quelconque à l'espèce. Mais pour Moumouche, ce fut bien différent. La mutation qui la frappa était destinée à changer la face du monde. Grâce à elle, la gent féline allait pouvoir dominer le monde !

Mais tout d'abord, vous êtes-vous jamais demandé pourquoi c'est l'homme qui régente tout sur notre belle planète ? Pourquoi pas les chats, par exemple ? Certes, des esprits savants pourraient faire remarquer que le règne de l'homme est bien précaire : il n'a commencé qu'il y a quelques milliers d'années à peine, et il est possible qu'il s'achève déjà dans quelques siècles, ou même beaucoup plus tôt. En comparaison, des organismes moins complexes, microscopiques, comme les tardigrades, peuvent survivre dans les conditions les plus extrêmes mortelles pour l'homme. À l'opposé en matière de taille, les dinosaures ont vécu pendant des millions d'années. Il n'empêche : aujourd'hui, c'est bien l'homme qui domine la planète et qui la transforme au point de menacer de la rendre inhabitable. Qu'a donc l'homme de plus, ou de moins, que le chat ? Pour le savoir, regardez donc Moumouche avant sa mutation, et comparez-vous à elle.

Moumouche a un petit cerveau, le vôtre est plus gros, donc vous êtes plus intelligent, pensez-vous. Mais la taille du cerveau dépend de la taille de l'animal qui le porte : le cerveau des femmes est en moyenne plus petit que celui des hommes et, si vous êtes un homme, ne vous aventurez pas à des conclusions hâtives, comme de dire qu'elles sont moins intelligentes que les hommes, vous risqueriez d'avoir des problèmes. Disons donc que le cerveau de Moumouche, si petit soit-il, lui convient très bien par rapport à sa morphologie et à son style de vie. Cependant, c'est bien votre cerveau, ou disons le cerveau humain, qui a découvert la théorie de la relativité et qui a envoyé des hommes dans l'espace. Le cerveau de Moumouche, lui, se cantonne à des activités plus terre à terre, comme manger ou dormir, ou chasser s'il en a l'occasion.

Pour mieux comprendre cette différence entre le cerveau de Moumouche et le vôtre, il faut faire un petit voyage dans le passé. Une fois descendu de son arbre, notre ancêtre primate s'est mis à marcher debout, ce que sa morphologie lui permettait, libérant ainsi ses pattes avant. Chacune de ses pattes avait une main avec un pouce opposable grâce auquel il pouvait s'agripper dans son arbre et, plus tard, attraper ce qu'il voulait. Cela lui a donné des idées, comme de se lancer dans le bricolage. Pour fabriquer des outils, des armes de chasse notamment, il a dû cogiter, et ce fut ainsi que son cerveau s'est développé jusqu'au point de créer des langues pour communiquer et se mettre à fabriquer des fusées pour aller sur la Lune ou sur Mars.

Et l'ancêtre de Moumouche ? Lui, il s'est spécialisé dans la chasse. Il ne pouvait par marcher sur deux pieds, donc il ne s'est pas mis debout. Sans pouces opposables aux pieds, il ne pouvait guère manipuler des objets et se lancer dans le bricolage. Ni donc développer son cerveau pour concurrencer celui des primates. Par contre, étant digitigrade et non plantigrade comme les primates, il marchait sur la pointe des pieds, sur ses doigts donc, tout en silence, ce qui était bien utile pour attraper une proie sans se faire remarquer, et sans avoir besoin de fabriquer une arme quelconque. Que demander de plus ? Une mutation pour devenir plantigrade et marcher comme nous sur la plante des pieds, une autre pour avoir des pouces opposables, une autre encore pour ceci ou cela ? Mais pourquoi donc subir tout un tas de mutations, puisqu'il avait déjà tout ce qui lui convenait dans la vie ? Il chassait très bien, et passait le reste du temps à se prélasser dans un coin, tout était déjà pour le mieux dans le meilleur des mondes. Une mutation le transformant en plantigrade, par exemple, l'aurait handicapé, au point peut-être de le faire carrément disparaître.

Au final, qu'est-ce qui différencie vraiment l'homme du chat – à part, bien sûr, les petites différences que nous avons vues ? C'est que l'homme est un animal social, plus que le chat. L'homme vit en société, et tout son savoir est le cumul du savoir de tous ses congénères et de celui de tous ses ancêtres. Grâce à cela, il a pu inventer le fil à couper le beurre et Internet. Le chat, lui aussi, est un animal social qui peut vivre en groupe. Mais, par contre, c'est un chasseur solitaire. Et comme la chasse est au chat ce qu'est le travail pour l'homme, voilà pourquoi c'est l'homme qui poste des photos et des vidéos de chatons sur les réseaux sociaux, et non le chat. C'est le travail en groupe qui a fait la civilisation humaine, et c'est la chasse qui a fait le chat.

Pour autant, pourquoi le chat ne pourrait-il pas dominer le monde ? Après tout, pourquoi pas ?

II

Les chats pourraient-ils dominer le monde ?

Pour savoir si les chats pourraient un jour dominer le monde, il faut tout d'abord apprendre à les connaître. Il faut tout savoir d'eux, sur leur histoire, leur morphologie, leur caractère. Ce n'est qu'après cela que nous pourrons revenir au cas de Moumouche, le chat mutant.

Le chat fait partie des petits félins, des mammifères carnivores prédateurs de petite taille ou de taille moyenne qui ne peuvent pas rugir, mais qui ronronnent. Les petits félins ou Félinés comportent plus de trente espèces, dont plusieurs espèces de chats, ainsi que le puma, le lynx, le guépard, et le serval. Pour leur part, les grands félins ou Panthérinés sont de taille moyenne et grande. Ils comprennent notamment le tigre, le jaguar, le léopard ou panthère, et le lion.

Le mot *chat* vient du bas-latin *cattus*, dont l'origine est incertaine (peut-être d'un autre mot latin signifiant *rusé*, ou d'un autre mot signifiant *guetter*, ou plutôt d'un mot d'Afrique ou du Proche-Orient). Ce terme latin a donné naissance aux mots employés aujourd'hui dans les langues européennes : *cat* en anglais, *kater/katze* en allemand, *gato* en espagnol, *gatto* en italien, *kat* en néerlandais et en danois, *katt* en suédois et norvégien.

Dans l'Égypte antique, il était appelé d'un mot qui peut être orthographié *mau* ou *miou*, d'après sans doute l'onomatopée qui a donné notre *miaou* et *miauler*. Dans la Grèce antique, il était appelé *ailuros*, mot signifiant probablement *qui remue la queue. Ailuros* a donné les mots *ailurophilie* (*qui aime les chats*) et *ailurophobie* (*qui en a la phobie*). Dans la Rome antique, le chat était aussi appelé *felis*, mot qui a donné *félin*. Au Moyen Âge, on employait encore des mots associés au terme latin désignant la souris (*mus*) : par exemple, *muriceps* ou *murelegus* (*attrape-souris*).

Comme tous les animaux, le chat a évolué, mais beaucoup moins que d'autres. Petit mammifère, il est resté petit. Un de ses lointains ancêtres avait le corps allongé et une longue queue, comme les genettes, martres ou civettes actuelles : c'est dire que dès le départ il avait presque trouvé sa perfection anatomique. Le chat domestique est une sous-espèce du chat sauvage ou *Felis silvestris*. On trouve différentes espèces de celui-ci en Afrique, en Europe et en Asie occidentale. *Felis silvestris lybica*, le chat sauvage d'Afrique ou chat ganté, serait ainsi l'ancêtre du chat domestique.

L'Égypte est la mère patrie du chat domestique. Cependant, le chat s'est rapproché de l'homme dès que celui-ci a amassé des récoltes qui faisaient un excellent garde-manger pour les rongeurs. Cela s'est passé dans le Croissant fertile, il y a plus de 7500 ans. On a découvert à Chypre les restes d'un chat et d'un enfant enterrés ensemble. Ils auraient autour de 7500 ans. Le chat a ensuite suivi les agriculteurs néolithiques dans leurs migrations. En Égypte aussi, il fut un auxiliaire précieux pour préserver les céréales contre les rongeurs et les oiseaux, tout en protégeant les habitations des serpents. Les Égyptiens l'apprécièrent tellement qu'ils lui vouèrent un culte, comme intermédiaire avec la divinité. Le chat fut tout d'abord perçu comme un avatar du dieu Ré, en tant que pourfendeur du serpent Apophis, dieu du chaos et de la nuit, ennemi de la création divine. Puis il fut surtout vénéré en tant qu'incarnation de la déesse Bastet, représentée dans les statues comme une femme à tête de chat. Bastet a été associée à la protection du pharaon et des défunts, puis à la fécondité et à la maternité, à la protection des femmes enceintes et des enfants, ainsi qu'à la beauté. Une ville importante, Boubastis, lui était même dédiée (le livre biblique d'Ézéchiel la mentionne en la maudissant sous le nom de Pi-Béseth). Selon l'historien grec Hérodote, il s'y déroulait d'importantes festivités attirant des centaines de milliers de pèlerins. Le chat était plus sacré que d'autres animaux, et tuer un chat pouvait valoir une condamnation à mort. Quand un chat mourait, sa maisonnée se rasait les sourcils en signe de deuil. Le défunt chat était embaumé, des souris pouvaient l'être aussi pour l'accompagner dans l'au-delà. Cette vénération du chat avait en grande partie remplacée celle du lion, plus encombrant et de tempérament plus difficile, et qui de plus avait disparu de la région. On raconte que quand les Perses assiégèrent la ville de Péluse, à l'embouchure du Nil, ils attachèrent des chats aux boucliers de leurs six cents soldats. Plutôt que de faire du mal aux chats, les Égyptiens préférèrent capituler.

Mais l'Égypte fut-elle vraiment le paradis des chats ? Même vénéré, on attendait quand même de lui qu'il continuât son travail de prédateur contre les rongeurs. Par ailleurs, on a retrouvé des centaines de milliers de momies de chats dans les premiers cimetières pour animaux créés par l'homme. Au XIXe siècle, elles étaient envoyées en Europe, principalement en Angleterre, pour en faire de l'engrais. De nos jours, elles sont sauvegardées et étudiées. Selon des archéologues, les prêtres sacrifiaient des chats souvent très jeunes par milliers, voire par millions : c'était déjà l'abattage rituel, et même tout un commerce. Offrir un chat en sacrifice à Bastet, c'était probablement un ex-voto pour obtenir ses faveurs, ou pour la remercier. La vénération des chats s'accompagnait donc aussi d'un prix à payer : le sacrifice de milliers et de milliers de vies. Un paradis quelque peu cruel, finalement. En parallèle, le chat sauvage continuait lui aussi de vivre sa vie en Égypte, mais une vie bien différente.

Après l'Égypte, la Grèce. Les Grecs auraient bien voulu acquérir des chats égyptiens, mais l'Égypte interdisait leur exportation. Il ne leur restait plus alors qu'à en voler, ce qu'ils firent. Ils en élevèrent à leur tour, et purent en vendre aux Romains, aux Gaulois et autres Celtes. À l'origine, le chat était un cadeau pour les courtisanes, puis il se popularisa, quoique les Grecs lui préférèrent toujours le chien. Pour les Romains, le chat était à la fois un animal de compagnie et un dératiseur, longtemps en concurrence avec la fouine. Animal populaire, aussi bien chez les soldats qui l'utilisaient pour protéger leurs vivres que dans les foyers, il avait néanmoins une réputation sulfureuse. Les miaulements des chattes en chaleur l'associaient à la luxure.

La naissance du christianisme ne changea rien pour les textes sacrés : comme la Bible des Juifs ignorait complètement les chats (sauf indirectement, on l'a vu, le culte de Bastet à Pi-Béseth), le Nouveau Testament continua de les ignorer. Seuls les chiens y sont mentionnés, mais avec un certain mépris : ils n'étaient pas encore des animaux de compagnie. L'islam a, lui, une image positive du chat, au contraire du chien, même si le Coran l'ignore. La tradition rapporte que Mahomet avait une chatte nommée Muezza qui l'aurait sauvé de la morsure d'un serpent. Un jour, alors que Muezza dormait contre lui, Mahomet aurait découpé un morceau de son vêtement pour ne pas la réveiller.

En Europe, les invasions barbares entraînèrent la chute de Rome. Plusieurs de ces tribus avaient un chat noir pour emblème, comme signe d'indépendance. Ce fut aussi le cas de Clotilde, la première reine des Francs, l'épouse de Clovis. Des Germains vouaient d'ailleurs un culte au chat, ce qui suscita la suspicion du christianisme. Celui-ci associa aussi le chat à la femme, l'éternelle tentatrice dont il fallait se méfier. Le chat s'installa en Europe occidentale au IXe siècle. Pour qu'il remplace la belette contre les souris, il fallut attendre le XIIIe siècle et l'arrivée du rat noir amené par les croisés. Rat noir, chat noir... Qui dit chat noir, dit l'incarnation du diable qui emporte les âmes en enfer. Qui dit chat noir dit bûcher pour les sorcières, les sorciers, les hérétiques. Au Moyen Âge, vaudois et cathares furent accusés d'embrasser l'anus du chat. Sous la torture, des gens pouvaient avouer adorer Satan sous la forme du chat, et périr sur le bûcher pour cela, de préférence avec leur chat. Celui-ci lui-même eut droit à des procès. La diabolisation du chat suivait son antique vénération. Pour autant, la persécution du chat n'était pas systématique, et elle visait principalement le chat noir, en tant qu'incarnation du diable. D'autres animaux comme le bouc ou le loup étaient aussi diabolisés.

Dans l'imagination populaire, les sorcières se changeaient en chats noirs qui venaient étouffer et dévorer les bébés. Ou des chats noirs les accompagnaient, comme le prouve sans contestation possible l'illustration ci-dessus. Les chats pouvaient aussi finir emmurés vivants dans des châteaux ou des remparts : on a découvert leurs restes après les bombardements de la Seconde Guerre mondiale. Ils étaient alors sacrifiés pour protéger ces édifices. Dans ce délire collectif populaire, inspiré aussi par les autorités religieuses, les chats étaient en fait des boucs émissaires : aux feux de la Saint Jean, ils finissaient brûlés vifs. À Paris, place de Grève, c'était le roi lui-même qui enflammait les fagots. Un sac rempli de chats montait et descendait sur le bûcher, comme un pompon de fête foraine. Louis XIV encore enfant mit un terme à cette coutume qui lui déplut. Ailleurs, les chats pouvaient monter sur un mât dressé au milieu des fagots. Quand ils tombaient, ils finissaient carbonisés. En Belgique, à Ypres notamment, les chats étaient jetés d'une tour, jusque vers 1817. Puis les chats furent remplacés par des peluches, et depuis 1955 ils défilent tous les trois ans au *Kattenstoet* (*le Cortège des chats*), avec d'autres Géants.

La persécution des chats au Moyen Âge fut certes spectaculaire, mais il se peut que bien plus de chats ait péri à d'autres occasions, victimes de leur commerce. Par la suite, les esprits se calmèrent, et les chats continuèrent de chasser les rongeurs. Les invasions barbares, comme les croisés, avaient amené des rats : le travail ne manquait pas. On raconte cependant, qu'après la persécution, les chats n'étaient pas assez nombreux pour lutter contre la prolifération des rats porteurs de la peste noire. On les avait même accusés de répandre celle-ci. Bien plus tard, à partir de la fin du XVIIIe siècle, le chien ratier devait remplacer le chat pour s'attaquer à des rats plus gros et plus agressifs. Entre-temps, le chat avait poursuivi sa conquête du monde. Il avait suivi les conquérants, colonisateurs et trafiquants phéniciens, grecs, romains, vikings, arabes, espagnols, anglais, français, chinois, et d'autres origines. Car le chat fut aussi matelot : il fallait bien un chat dans la cale pour garder les victuailles contre les rats. Sa présence devint même obligatoire. Les ports eurent ainsi des chatteries où les capitaines pouvaient venir s'approvisionner.

Sur la terre ferme, après le Moyen Âge, le statut du chat restait selon sa nature : ambigu. En France, des écrivains comme La Fontaine ou Molière en ont fait le reflet des perversions humaines, même si les amis des chats, comme Léonard de Vinci, le cardinal de Richelieu, Joachim du Bellay, Montaigne, Baudelaire, Victor Hugo et tant d'autres, dont Colette plus tard, étaient là pour le louer. Les romantiques, en particulier, ont aimé son côté mystérieux et sa légende noire. Le retour en grâce du chat, en tant qu'animal de compagnie, commença au XVIIIe siècle, et se poursuivit au siècle suivant. En 1871 s'ouvrit à Londres la première exposition féline : on entrait dans une nouvelle dimension, celle de la grâce et de la beauté. Au XXe siècle, le chat, comme le chien, devint un phénomène de société, et toute une industrie commença de graviter autour de lui.

Ailleurs dans le monde, la destinée du chat domestique venu d'Europe varia selon les pays après qu'ils commencèrent à cohabiter avec lui. Si les hindouistes eurent des sentiments partagés à son sujet, les bouddhistes lui firent bon accueil : pour méditer, pourquoi pas un chat comme auxiliaire de méditation ? Au Japon, pays shintoïste vénérant les esprits de la nature, le chat ou *neko* avait jadis deux visages. Le *bake-neko* était un chat vampire démonique. À l'inverse, le *maneki-neko* est le chat porte-bonheur bien connu : un chat qui lève gentiment la patte. Selon la légende, un chat fit un jour ce signe à un samouraï qui se tenait sous un arbre. Le samouraï s'avança vers lui, et échappa ainsi à la foudre qui frappa l'arbre. De nos jours, le *maneki-neko* fait partie de la culture populaire, et représente même le Japon. Quand le chat du foyer meurt, il peut être mis dans un cercueil dans lequel on jette des pièces pour payer « le passage du pont qui relie au paradis ». Après la cérémonie de la crémation, ses cendres sont déposées dans une urne sur un autel, avec sa photo, ses jouets et mets favoris.

Un petit *maneki-neko* vous salue au passage :

En Chine, le chat c'est le *mao*. Pas le Mao de la révolution, non : en chinois, le sens du mot varie selon sa prononciation, notre mao n'a donc pas de rapport avec Mao, lequel l'a d'ailleurs fait souffrir. En effet, lors de la révolution culturelle, des gardes rouges s'en sont pris aux chats, qu'ils jugeaient bourgeois, au point de vouloir les éliminer. Depuis, cela a bien changé. Le chat est encore mangé ici et là, mais c'est de plus en plus souvent un compagnon qui peut remplacer avantageusement un mari ou un enfant pour de nombreuses Chinoises qui, sinon, devraient abandonner leur indépendance et leur travail. Le *mao* est autonome, propre, n'a pas besoin d'être sorti et ne crie pas. Si l'on n'en a pas chez soi, il y a des bars à chats ou des chats virtuels sur son téléphone électronique. Il y aurait aujourd'hui quelque soixante millions de chats en Chine. Certains de leurs *propriétaires* (comment les appeler ? Les chats n'ont pas vraiment de maîtres...) se proclament *maonu* (*esclaves de leurs chats*).

Dans le monde, le chat domestique a cependant été longtemps moins populaire que le chien. Mais aujourd'hui, en France comme dans d'autres pays, les chats ont dépassé les chiens, tant par leur nombre que par leur popularité. Cela tient à la fois à leurs qualités propres, et à leur côté pratique : on peut laisser le chat seul, alors qu'il faut s'occuper du chien, le caresser, le sortir, etc. On reproche aussi au chien ses aboiements intempestifs, ses déjections sur les trottoirs et un coût plus élevé pour son entretien. Un gros chien peut aussi faire peur, tandis que les panneaux du genre « Chat méchant » prêtent plutôt à sourire. C'est peut-être injuste pour le plus vieil ami de l'homme, mais c'est ainsi. Si le chien ne vit que pour son maître, le chat ne vit que pour lui, et c'est pourtant lui qui a désormais la cote. Souvent réunis dans les mêmes foyers, chiens et chats sont bien différents. À noter cependant que, comme les miaulements des chats, les aboiements des chiens sont eux aussi de préférence à destination des humains. Chiens et chats ont subi l'influence humaine, mais différemment. L'ancêtre du chien, le loup, a été domestiqué depuis bien plus longtemps que le chat, au moins depuis trois fois plus : peut-être il y a 30 000 ans, contre moins de 10 000 pour le chat. La domestication du chat est d'ailleurs toute relative : il a su garder en grande partie son indépendance. À l'occasion d'accouplements avec le chat sauvage, ce caractère s'est même périodiquement renforcé. Cela explique que le chien soit considéré comme plus fidèle que le chat envers l'homme. Le chien a aussi été utilisé pour de multiples usages : pour la chasse, pour conduire les troupeaux, pour garder les propriétés, pour rechercher des personnes, les secourir ou détecter de la drogue, guider des aveugles, ou encore pour tenir compagnie. Pour exploiter toutes ses qualités, l'homme a multiplié les races en croisant les chiens selon ce qu'il souhaitait en faire. À l'inverse, l'homme n'a longtemps utilisé le chat que comme un prédateur protégeant ses récoltes ou ses vivres, ce qui a permis au petit félin de garder son côté sauvage et indépendant. En outre, l'homme n'a longtemps pas vu la nécessité de créer de nouvelles races de chats. S'il existe plusieurs races de chats (l'européen, le persan, le siamois, l'angora, le birman, le chartreux, l'abyssin, etc.), leurs différences restent finalement très modestes quand on les compare à celles des chiens. Ceux-ci peuvent avoir des tailles et des formes très différentes, alors que tous les chats se ressemblent peu ou prou. De nouvelles races ont certes été créées, soit pour des raisons esthétiques ou commerciales, soit par suite de mutations naturelles, comme le chat sans queue de l'île de Man ou les chats sans poils, mais les chats se ressemblent toujours beaucoup plus entre eux que les chiens entre eux.

Chez les chats, il faut cependant distinguer le chat domestique du chat sauvage, du chat haret et du chat errant, même si les différences ne portent pas essentiellement sur leur physique. On comprend facilement qui est le chat sauvage. Encore faut-il préciser qu'il en existe plusieurs races. Le chat haret, lui, est un chat domestique qui a repris sa liberté. Selon les pays, il est considéré ou non comme faisant partie des animaux nuisibles pouvant être chassés. Le chat errant a lui aussi repris sa liberté, mais en restant dépendant des hommes pour sa nourriture, soit en s'alimentant auprès d'âmes charitables, soit en rôdant autour des habitations et des poubelles. Tous ces chats peuvent s'accoupler entre eux s'ils en ont l'occasion, ce qui peut être une menace génétique pour le chat sauvage. Notre chat domestique lui-même porte la trace de son histoire, avec des gènes remontant au chat d'Égypte, et des gènes du chat sauvage d'Europe.

Les chats que l'on rencontre le plus souvent sont les chats domestiques et les chats errants. Ces derniers vivent trois fois moins longtemps que les premiers : c'est le prix de leur liberté. Ils sont notamment sujets à la dureté du climat, aux dangers de la circulation automobile, au manque de nourriture, aux maladies ou blessures non soignées. Mais la captivité, avec la sédentarité qu'elle entraîne, ne va pas non plus de soi pour le chat domestique qui a gardé une partie de son côté sauvage. Le paradis est alors pour lui de ne pas être enfermé dans un appartement, d'avoir accès à l'extérieur, à la nature. À défaut, s'il est enfermé, il faut le faire jouer, le jeu remplaçant la chasse. À noter aussi qu'un chat peut vivre plus longtemps s'il est stérilisé.

Depuis une loi de 1999, le chat errant français peut devenir un chat libre. Pour cela, il doit être stérilisé et identifié avant d'être relâché. Il a fallu tout un combat de la part des amis des chats pour en arriver là. En 1977 notamment, ce fut la guerre : les *dames à chats* (des dames qui nourrissent les chats) étaient refoulées du cimetière de Montmartre, la ville de Paris voulant ramasser tous les chats pour des raisons sanitaires, avant de les mettre à la fourrière et de les euthanasier si un propriétaire ne se manifestait pas. Les amis des chats se mobilisèrent alors pour les sauver : ils jetèrent de la nourriture la nuit depuis le pont qui domine le cimetière, et l'un d'eux y allait aussi promener un bébé dans son landau, ce dernier cachant de la nourriture pour les chats. Surnommé *le chef des chats*, cet homme allait mobiliser l'opinion pour que les chats soient attrapés et soignés, identifiés et relâchés : toutes choses interdites aux particuliers, mais que les amis des chats firent en cachette et à leurs frais. Ainsi traité, Nicolas fut alors le premier chat libre de France, bien avant que ce statut ne fût officialisé en 1999. Quant au *chef des chats,* Michel Combazard, il a depuis fondé l'École du chat pour leur venir en aide. Par ailleurs, depuis 2012, l'identification est obligatoire pour tous les animaux de compagnie (chiens, chats, furets), par tatouage ou puce électronique. Dans les cimetières, les caveaux, avec des chats libres, et donc stérilisés, ont désormais moins de chances de devenir aussi des berceaux.

Si le chien est tout au service de son maître qu'il vénère, qu'il reconnaît comme tel, et ne semble vivre que pour lui, il en va tout autrement du chat. Celui-ci est resté un être indépendant, qui ne se reconnaît aucun maître, c'est ce qui fait d'ailleurs tout son charme. Votre chat ronronne quand vous le caressez, il se frotte contre vous, miaule après vous pour que vous vous occupiez de lui : n'est-ce pas cependant qu'il est sociable envers vous, qu'il vous aime ? Que votre chat vous aime, c'est sans doute vrai, mais le chat n'abdiquera pas pour autant sa liberté. On peut dresser un chien, mais le chat ne fait que ce qu'il veut bien faire. On ne force jamais un chat. De gré ou de force, tous les animaux obéissent à l'homme. Le chat n'obéit qu'à lui-même, et l'homme obéit au chat. À la maison ou en appartement, c'est lui qui choisit sa place, la meilleure : sur le canapé ou dans un fauteuil, au lit ou quelque part en hauteur pour dominer la situation, ou dans un carton pour se mouler dans un contenant sécurisant. Veut-il entrer ou sortir ? Il miaule, et on lui obéit. Veut-il de la nourriture ? Il miaule encore. Vous ne voulez pas lui en donner, parce que ce n'est pas l'heure ou que cela vous dérange ? Il miaule tant et plus, se met à côté de vous en vous fixant du regard, que vous finissez par céder. Le chat gouverne. Il règne naturellement en majesté, car c'est le cousin du lion, le roi des animaux. Il est lion ou tigre, selon ce que l'on veut, mais un lion ou un tigre accessible aux humains, en modèle réduit. Avoir un petit animal encore un peu sauvage chez soi, voilà ce qui plaît aux humains.

Pour autant, certains l'accusent de tous les maux. On le dit peu obéissant, et on a raison, on l'a vu, on ne va pas y passer la nuit. On le dit aussi peu sociable. Pourtant, plus que les chiens, les chats peuvent vivre en groupe sans trop se chamailler. S'ils se chamaillent, ils le font sans trop de conviction : il y a tellement mieux à faire dans la vie, comme de piquer un roupillon. Il ne faut pas réveiller le chat qui dort, dit-on avec raison. Car le chat dort le jour, la nuit (s'il chasse la nuit, il ne chasse pas toute la nuit, plutôt à l'aube et au crépuscule), il dort entre les deux tiers et les trois quarts du temps, et même beaucoup plus s'il est jeune ou âgé. Et il rêve : trois heures par jour, plus ou moins le double des humains. À quoi rêve-t-il ? Demandez-le-lui ! Sans doute de chasse puisque c'est un prédateur né. Quand le chat chasse éveillé, s'il chasse seul, c'est parce qu'il n'a pas besoin des autres, ce n'est pas parce qu'il n'est pas sociable : pour attaquer un mulot ou un oiseau, pourquoi faudrait-il rameuter tout le quartier ? Une souris, ce n'est quand même pas une antilope !

On dit aussi que le chat est cruel envers ses proies, qu'il s'amuse à les faire souffrir, à jouer avec un être à l'agonie, en le triturant entre ses pattes, en faisant semblant de le laisser s'enfuir pour mieux le rattraper et prolonger ses souffrances. Mais c'est là une opinion bien humaine. Contrairement à l'homme, le chat n'est jamais cruel pour être cruel, sa cruauté apparente est inconsciente, purement instinctive.

On dit aussi que le chat est égoïste, ne pense qu'à lui. Pensez : c'est un paresseux qui ne passe son temps qu'à dormir, qu'il ne faut jamais déranger et, s'il se laisse caresser, c'est qu'il y trouve son intérêt, c'est juste parce qu'il trouve cela agréable. Mais raisonner ainsi, c'est oublier que le chat est libre, qu'il fait ce qu'il veut, quand il veut, où il veut. C'est dans sa nature profonde. C'est oublier aussi tous les exemples qui montrent qu'un chat peut réellement s'attacher à son maître ou à sa maîtresse (pardon pour ces horribles mots appliqués au chat!). Il faut dire que le maître ou la maîtresse peuvent devenir ses choses, les choses de son territoire, et comme le chat est un animal territorial, il est alors normal qu'il y tienne. Après tout, on vit chez son chat, non le contraire. Peu importe au fond la raison, le résultat est là : un chat peut s'attacher à ses... disons propriétaires. Certains ont pu faire des kilomètres et des kilomètres pour les retrouver. Comment ? En faisant appel à tous leurs sens, plus développés que les nôtres, et à des indices qui nous échappent, mais aussi grâce à leur bonne étoile sans doute. Dans ces cas-là, le rôle de la chance, donc du hasard, n'est pas à négliger. En outre, pour un chat qui revient de loin, combien sont perdus ? Bien plus, mais notre cerveau retient mieux ce qui reste exceptionnel, ce qui le frappe davantage.

Mais pourquoi toutes ces critiques envers le chat ? En vérité, c'est un animal attachant, propre, discret, patient, digne et courageux, un animal plein de grâce et d'élégance, capable de tendresse, tout en préservant sa part de mystère. Il est curieux, joueur, même s'il lui arrive aussi d'être stressé, craintif. Il dégage néanmoins surtout de lui une aura de puissance et d'harmonie, mais aussi de paix et de tendresse. Les bienfaits de la ronronthérapie chez les humains ne sont plus à démontrer. Le ronron du chat calme l'esprit tourmenté des humains, de façon plus rapide et plus sûre que la méditation. Le ronron commence avec le chaton. Celui-ci ronronne en tétant sa maman et en patounant de plaisir: c'est la béatitude suprême, l'extase ineffable. Le ronron, c'est l'abandon total. Il apaise, soulage. À l'âge adulte, le chat peut parfois ronronner de peur, ou par souffrance, mais son abandon est en général celui de la confiance et du bien-être. Le ronronnement garde sa part de mystère, peut-être a-t-il un effet antalgique pour le chat. La maman chatte peut aussi ronronner à l'unisson de ses chatons, qu'elle lèche et pourlèche. Son instinct maternel comblé, elle semble apaisée pour l'éternité. Voire ! Quand elle redeviendra en chaleur, elle poussera des cris désespérés pour rameuter tous les chats du quartier afin qu'ils viennent la soulager, elle se roulera sur le dos ou rampera sur le ventre en ronronnant. Mais à part cela, ou les petits miaulements pour entrer et sortir, ou demander à manger, le chat est discret. Il faut dire qu'il marche sur des coussinets, cela ne fait pas de bruit. Le chat aime d'ailleurs la discrétion, notamment pour faire ses besoins. Un auteur a raconté l'histoire de ce chat qui ne trouvait pas de petit coin tranquille à sa guise. Ce n'était pas sa faute : les autres chats lui interdisaient l'accès aux récipients du vestiaire. Ses maîtres se réjouissaient de sa propreté, jusqu'au jour où ils le surprirent dans la cuisine, bien installé dans l'évier... Il n'empêche : le chat est propre quand on lui procure ce qu'il faut. À défaut, il pourra faire sur le carrelage, quitte à gratter celui-ci avec la patte pour essayer d'enterrer ce qu'il vient de faire. Il est donc aussi propre que discret. Certains ont même réussi à le faire aller sur la cuvette des toilettes (voire à lui faire ouvrir l'eau !), mais cela reste exceptionnel. En tout cas, il n'arrête pas de se laver avec sa langue râpeuse. Sa salive a de multiples propriétés : non seulement elle nettoie, mais elle rafraîchit et purifie aussi. Le chat peut ainsi passer jusqu'à un tiers de son temps à la toilette, la sienne ou celle d'autres chats. Ce toilettage par leur langue rugueuse stimule la circulation du sang, régule la température corporelle et, en plus, cela détend. La propreté du chat se manifeste aussi par le soin qu'il prend à cacher ses excréments : vieux réflexe pour ne pas laisser de traces vis-à-vis de ses prédateurs. Si jamais il ne le fait pas, c'est qu'il peut vouloir marquer son territoire à l'égard d'autres chats. Comme le chien, il peut lui arriver de cacher aussi sa nourriture, ou de la voler chez vous ou chez les voisins : ce qu'il prend est à lui, c'est tout.

Le chat est patient et courageux. Il faut le voir chasser : dès qu'il voit une victime potentielle, il se met en l'affût, il la guette tout en frémissant, il avance en silence, comme en rampant, puis il balance son postérieur pour calculer l'importance du bond qu'il va faire et, dans un éclair, c'est l'assaut final vers la proie qui n'a rien compris, rien vu venir. Rien de plus normal en fait, puisque le chat est un chasseur né, qui peut sauter jusqu'à six fois sa longueur. Contrairement à celles du chien, ses griffes sont rétractables, c'est pourquoi elles restent toujours coupantes. Le chat griffe d'ailleurs ce qu'il peut (arbre, rideaux, canapé, etc.) pour les entretenir (ses griffes, pas les rideaux ou le canapé...). À noter cependant qu'elles sont courbées vers le bas, c'est pourquoi le chat ne peut pas descendre d'un arbre en marche avant, mais doit descendre en reculant. C'est aussi un funambule qui ignore le vertige et peut marcher pour ainsi dire sur un fil. S'il tombe, il retombe toujours sur ses pattes, dit-on, même s'il ne sait pas faire des entrechats. Tout dépend en fait de la hauteur, il faut qu'elle soit assez grande, mais pas trop, sinon le chat peut se blesser ou se tuer. Son sens de l'équilibre est en tout cas remarquable. Le chat est aussi un contorsionniste : s'il décide de se coucher dans un carton ou n'importe quoi d'autre, il est assez souple pour que son corps épouse la forme du contenant.

Tout cela, le chat le doit à son physique. Si le chien est un nez, le chat est bien plus. Il a des yeux énormes, qui semblent disproportionnés. Parmi les mammifères, c'est le chat qui a les yeux les plus grands par rapport à sa taille. Même s'il est myope, le chat a un champ de vision supérieur au nôtre et, la nuit, il y voit mieux que nous. La nuit, tous les chats sont gris, dit-on. Comme nous, ils ne voient pas les couleurs la nuit et, le jour, ils les voient différemment. Le chat voit d'ailleurs mieux ce qui est en mouvement, ce qui est bien pratique pour un chasseur. Ses oreilles orientables sont une merveille d'ingénierie, dont il se sert aussi pour exprimer ses émotions. Son sens du toucher est également remarquable. Grâce à ses moustaches, les vibrisses, il sait s'il peut se glisser dans un lieu étroit. Elles lui servent aussi d'yeux complémentaires dans le noir total. Avec son nez, il capte non seulement les odeurs, mais aussi les variations de température, qu'il supporte par ailleurs très bien, le chaud comme le froid. Les empreintes de son nez sont uniques, comme nos empreintes digitales. Les coussinets de ses pieds, qui lui permettent d'avancer en silence, enregistrent les vibrations tout autour de lui. Il perçoit aussi les déplacements d'air, les mouvements. Toute sa peau est en fait sensible à son environnement. Sa queue lui sert à garder son équilibre et à exprimer ses émotions. S'il bat de la queue, il n'est pas très content... C'est que le chat communique surtout avec son corps, et donc notamment avec sa queue. S'il l'agite violemment, c'est qu'il est en colère, agressif, ou mijote quelque chose. S'il la remue lentement ou l'enroule autour de lui, il est calme. Mais s'il la ramène vraiment tout près de lui, il est inquiet. Si sa queue est ébouriffée, il est effrayé et veut se grandir face au danger. Par contre, s'il a la queue bien dressée en vous montrant son derrière, il est tout content de vous voir : c'est une attitude typique et charmante du chat domestique. Ses oreilles parlent aussi. Si elles sont bien droites, le chat est attentif. Si elles sont tournées vers l'arrière ou plaquées sur la tête, il est en colère ou agressif. Si elles sont tournées en arrière vers le bas, c'est un signe de soumission ou de stress. Si elles sont tournées en arrière de côté, le chat est indécis ou curieux. Et puis, il y a ses poils : s'ils sont hérissés, le chat est en colère ou agressif. S'ils sont bien lisses, le chat est détendu. Dresse-t-il ses vibrisses ou moustaches ? Il est en alerte ou en chasse. Les replie-t-il contre son corps, ainsi que son pelage ? Il est stressé, anxieux : pour lui, tout n'est pas alors au poil.

Comme nous, le chat parle aussi avec ses yeux. S'ils sont grands ouverts ou ronds, il est attentif ou en alerte. S'ils sont mi-clos, il est détendu. S'ils sont rétrécis, il est en colère ou agressif. Le chat peut aussi cligner des yeux quand il est heureux. Ses pattes parlent aussi. S'il patoune comme un chaton, c'est qu'il est tout content. S'il gratte quelque chose, c'est pour marquer son territoire en répandant ses phéromones. S'il se gratte sur vous, ou se frotte contre vous, c'est donc que vous lui appartenez. S'il se roule sur le sol en montrant son ventre, c'est qu'il se sent bien ou qu'il veut attirer l'attention, notamment si le chat est une chatte en chaleur.

Enfin, et quand même, le chat s'exprime comme nous en faisant du bruit. Des miaulements aigus et répétés correspondent à une demande. S'ils sont graves et rauques, le chat est en colère, agressif, ou inquiet (par exemple, s'il est chez le vétérinaire). S'ils sont légers et mélodieux, c'est un salut ou un appel. S'ils sont longs et plaintifs, le chat est malade ou souffrant. À noter que le chat utilise des sons distincts pour ses (soi-disant) maîtres, qu'il n'utilise pas avec les autres chats. C'est le cas de la plupart des miaulements. Chaque chat développe en fait son propre système de communication. Avec les autres chats, le langage est plutôt fait de bruits divers (par exemple des miaulements plaintifs d'appel sexuel, des sortes de sifflements et de cris aigus ou des grognements sourds lorsque les chats se sentent menacés, du caquetage même lorsqu'ils sont excités à la chasse en voyant une proie qu'ils ne peuvent pas atteindre). Et, bien sûr, les chats ronronnent toujours et encore. Au final, le chat a une gamme vocale dix fois supérieure à celle du chien. Et deux fois plus de neurones que lui dans son cortex cérébral (na!).

Le chat partage les cinq sens que nous avons : l'ouïe, meilleure que pour nous, la vue, différente de la nôtre, l'odorat, bien plus fort chez lui, le goût, moindre que chez nous, et le toucher, nettement supérieur chez lui. Mais le chat a en plus deux autres sens : il a un organe pour goûter les odeurs (il ouvre légèrement sa bouche pour cela), et un autre qui lui donne son sens si particulier de l'équilibre. Il a donc sept sens, et tout cela lui est bien utile pour sa fonction première : la chasse. Si le chat est un chasseur né, il sait aussi être végétarien. Grand amateur d'herbe à chat, il apprécie particulièrement le papyrus, peut-être en souvenir de sa période égyptienne inscrite dans ses gènes. Qui sait ? À noter que le chat a plus d'os que l'homme : 230 contre 206 ! Par contre, il n'a que 18 orteils (5 aux pattes avant, 4 aux pattes arrière). Sa température est par contre plus élevée que celle de l'homme, afin de résister au froid et de mieux digérer les protéines animales. Contrairement à l'homme, il peut boire l'eau de mer, car il a de bons reins. Et son cerveau se rapproche plus de l'homme que celui du chien. Il fallait que cela fût dit !

C'est aussi un animal territorial, qui marque son territoire par des griffures, des frottements, des jets d'urine et autres déjections. Le pipi de chat peut être petit, mais question odeur, il se sent de loin, et longtemps. Le chat a, en fait, plusieurs territoires, qu'il partage ou non avec ses congénères, selon leurs fonctions : lieux d'isolement ou de chasse, de rencontres. Le chat ne communique cependant pas qu'avec son urine, il répand aussi ses phéromones avec sa salive et ses selles. Ses positions corporelles, les mouvements de sa queue, de ses yeux et de ses oreilles en disent beaucoup sur son état émotionnel. Et puis, nous l'avons vu, il y a les miaulements, ronronnements et grognements, trilles et sifflements. Miaulements et ronronnements sont surtout le fait de la chatte avec ses petits, ou du chat avec les humains. Les chats miaulent peu entre eux, sauf la chatte en chaleur lorsqu'elle lance des appels désespérés pour appeler les mâles. En matière sexuelle, l'inceste n'est pas tabou. De plus, les chatons peuvent être de pères différents, car la chatte libère plusieurs ovocytes lors de ses chaleurs. De toute façon, il ne faut pas trop compter sur les pères pour l'éducation des enfants. La parité n'est pas encore d'actualité en milieu félin ou chatesque.

Comme tous les animaux, de la baleine à la fourmi, chaque chat a sa personnalité propre, du téméraire au timoré, du plus futé au plus bête – si l'on peut dire. Tel chat peut être curieux quand la sonnette sonne, tandis qu'un autre courra se cacher on ne sait où. Tel chat peut être jaloux et marcher sur votre ordinateur ou se frotter à vous si vous répondez au téléphone, quand un autre vous laissera vaquer à vos affaires. Chaque animal vit dans son univers propre, et toute comparaison avec l'homme ne pourrait être que malvenue. Il est vain de vouloir comparer l'intelligence des uns et des autres, chacun a ses spécialités, ses domaines de prédilection. Les chats ne font pas exception, ils ont leur intelligence propre, une bonne mémoire, et apprennent énormément comme tout le monde par l'expérience. En tout cas, on peut dire que les chats aiment dormir, se toiletter, se cacher, jouer (Ah ! les chatons qui courent après leur queue, ou qui s'en prennent aux chaussures...), mener une vie bien réglée tout en étant stimulés de temps en temps, et qu'ils aiment grimper, être perchés. Le chat perché n'est pas qu'un jeu, c'est une réalité. Un arbre à chat est alors préférable à une étagère, car il risque moins de tomber... Si un chat tombe, un autre peut sursauter, car les chats sursautent facilement. Autant prévoir ce qu'il faut pour éviter tout désagrément. Enfin, les chats aiment les câlins : qui oserait en douter ? Certes, il y a des vieux grognons partout, même parmi les chats, mais cela reste l'exception.

Ils sont aujourd'hui partout : il y aurait quelque six cents millions de chats dans le monde, dont plus de seize millions en France. Dans ce pays, depuis 1996, le nombre de chats domestiques y a dépassé celui des chiens. On trouve des chats dans les habitations de la cave au grenier, sur les toits, à l'entrée des égouts, ou encore à l'affût dans l'herbe ou ronronnant dans un carton, ou perchés dans des endroits improbables, trônant tels des coqs en pâte. Certains ont même voulu se coucher dans le linge de la machine à laver, et ont malheureusement fini essorés. Ou d'autres encore ont voulu explorer le moteur d'une voiture et ont fini grillés. Des drames parmi d'autres, dont certains volontairement causés par des humains. Des amoureux des chats ont aussi pu être débordés par leur amour, au point d'en avoir des dizaines chez eux, vivant dans des conditions déplorables. Il faut dire que si la natalité n'est pas maîtrisée, les chats prolifèrent. Il a été calculé qu'en quatre ans seulement, un chat et une chatte pourraient avoir jusqu'à vingt mille descendants, et encore beaucoup plus ensuite. Bien sûr, c'est théorique, la nature régule la natalité, mais insuffisamment quand même. La stérilisation reste incontournable. De toute façon, si un chat castré se comporte ensuite en pacha, il n'en reste pas moins un chat... La limitation des naissances limite aussi les abandons qui peuvent, pour leur part, augmenter selon la saison ou la situation économique des personnes. Les expérimentations animales sont, elles, plus réglementées qu'autrefois quand les chats, entre autres, étaient sacrifiés par milliers, décortiqués sans pitié, souvent pour des raisons très discutables. Pendant ce temps, dans d'autres pays, des chats sont encore tués pour être mangés, ou pour finir en fourrure... Les chats sont aussi dans les bibliothèques. Comme thème de livres certes, mais aussi pour chasser souris et pigeons, tous amateurs de littérature, surtout les mulots. Dans le monde, il y a ainsi plusieurs centaines d'employés félins. De nos jours, il semble toutefois que les chats soient plutôt utilisés comme mascottes. Les temps changent... Le temps : le chat peut vivre de douze à quinze ou dix-huit ans. C'est en moyenne plus que le chien, et même si son espérance de vie augmente régulièrement, c'est nettement moins que l'espérance de vie des humains. Et le chat n'a pas plusieurs vies, malgré les légendes...

Quand le chat n'est pas là, les souris dansent, dit-on. Mais les chats sont aujourd'hui partout, on l'a vu. Ils ont pu longtemps mener une vie de chien, avant de régner dans les foyers, trônant qui dans un fauteuil, qui dans un lit, toisant de leur grandeur chatesque tout humain qui s'aviserait de les en déloger, quitte à le regarder d'un suprême dédain si un tel malotru persistait. Mais qui oserait avoir l'outrecuidance d'agir ainsi ? Qui oserait contester la toute puissance du chat ? Lui-même ne croirait pas que l'on pût agir ainsi. Alors, à quoi bon la question de ce chapitre : *Les chats pourraient-ils dominer le monde ?* S'ils le dominent déjà, oui, à quoi bon ? Et à quoi bon un livre sur une prétendue conspiration des chats, si tout est déjà joué, si les chats dominent déjà l'humanité ? C'est que leur domination reste néanmoins incomplète et précaire. Des humains insensés persistent encore à vouloir rester les maîtres chez eux, plutôt que de se soumettre tranquillement une fois pour toutes. De-ci, de-là, il y encore des actes de rébellion. Et puis, comment se fier aux humains ? Ils seraient bien capables, piqués par on ne sait quelle mouche, de remplacer sa suprême majesté chatesque par un quelconque furet, voire une misérable souris, ou qui sait quoi d'autre ? Ou encore, d'opérer un retour en grâce pour le chien, cet opportuniste, ce collabo qui donnerait cinq pattes à son maître s'il les avait. Après avoir vaincu les chiens, les oiseaux et les mulots, et les humains surtout, tout serait donc à recommencer pour sa majesté le chat ? Non, les enjeux sont trop importants pour la gent féline ! Il lui appartient d'assurer ses arrières, de se tenir prête à toute éventualité, de planifier en toute sérénité sa conquête définitive du pouvoir absolu. La Terre doit devenir sa planète ! Il y va de sa sécurité et de son bien-être et, pourquoi pas ? du bien-être des humains eux-mêmes ! De la survie de la Terre, même ! Après tout, les humains ont-ils mérité d'une quelconque façon de dominer le monde ? Cela n'a dépendu que des hasards de l'histoire. Si les dinosaures n'avaient pas disparu, à cause d'un astéroïde ou de l'éruption de volcans, les ancêtres des mammifères n'en auraient pas profité pour s'imposer. Il est vrai que les chats descendent aussi des premiers mammifères, comme les humains. Mais les humains ont longtemps pris le dessus sur les chats. Et où en est le monde aujourd'hui, après des millénaires de pouvoir humain ? Il n'est assurément pas beau à voir. Outre les violences ici et là, les guerres, la pollution, les injustices, le climat est irrémédiablement déréglé. C'est simple : le monde court à sa perte. Surtout, cette chaleur qui augmente sans cesse, les températures épouvantables, les humains ne pourront pas toujours le supporter. Les chats résisteront mieux, ils sont plus vigoureux, ils en ont vu d'autres depuis qu'ils sont dehors, qu'il fasse chaud ou qu'il fasse froid.

Oui, il est temps, il est grand temps que les chats interviennent pour sauver le monde, et pour en faire un monde plus chaleureux ! Non, un monde plus chaleureux n'est pas un monde où il fait plus chaud ! C'est un monde *chat-l'heureux* parce que les chats sont heureux, et si les chats sont heureux, le monde entier est heureux ! Là est la voie à suivre, le chemin de la sagesse, là est le salut ! Le *chalut*, devrait-on dire.

Chats de tous les pays, unissez-vous !
Le monde est à vous !

Le bonheur est avec les chats

III

La mutation

Mais alors, que s'est-il passé pour notre Moumouche mutante, celle qui avait été irradiée ? Il s'est passé beaucoup, et peu à la fois. Mais avant de voir ce qui s'est passé, essayons de voir comment les chats à eux seuls pourraient transformer le monde.

Notre monde est aujourd'hui celui de l'informatique. Hier, c'était celui de la révolution industrielle et, avant-hier, c'était celui des outils. Demain, on nous annonce que l'intelligence artificielle sera partout. Où en seront les chats là-dedans ? Si vous avez un chat chez vous, posez-lui la question, en le regardant les yeux dans les yeux. Pour toute réponse, il y a de bonnes chances qu'il se mette à ronronner sans vous en dire plus, ou referme les yeux en se demandant pourquoi vous l'avez réveillé pour rien. Apparemment, vos préoccupations ne sont pas les siennes, et les chats semblent bien mal partis pour dominer le monde. Ils ne manient pas l'informatique, et ne s'amusent même pas à essayer d'attraper votre souris. Ils ne fabriquent pas non plus des machines et, quant à l'intelligence artificielle, ils n'ont que leur intelligence naturelle qui, apparemment, ne devrait pas leur permettre de comprendre la théorie de la relativité ni même le théorème de Thalès. De plus, comme ils n'ont pas de mains, ils sont vachement – pardon, chatement – handicapés pour manipuler des objets. Dominer le monde ? Non ! Sauf si...

Sauf si une bonne mutation se mettait à tout changer. Après tout, ce sont les mutations qui ont changé la face du monde en permettant l'évolution des espèces. Certes, en général, les mutations ne produisent rien de terrible : chez les chats, cela a donné par exemple des chats sans queue ou sans poils, plus fragiles que les chats non mutés. Quand les hommes s'en mêlent en croisant des chats, le résultat n'est également pas pertinent, les chats sont plus fragiles, car génétiquement trop proches. Le clonage n'est pas non plus la solution. Il ne peut servir qu'à répliquer un autre chat : le premier chat cloné s'appelait d'ailleurs *Copycat*. Un chat cloné ne ressemble même pas forcément à son modèle en ce qui concerne son pelage, car la génétique n'est pas tout, le hasard intervient aussi dans l'activation des gènes.

Moumouche, lui, n'était pas un chat cloné, et il n'était pas issu de croisements, il avait juste subi une mutation après le nuage radioactif de Tchernobyl. Sur le moment, c'était passé complètement inaperçu. Il faut dire que Moumouche était un chat errant du cimetière du Père-Lachaise à Paris qui avait réussi à échapper à plusieurs tentatives de stérilisation. Et donc, quand Moumouche rencontra Moumouchette, une chatte qui était dans le même cas que lui, et qui avait besoin que l'on s'occupât d'elle, il y eut des chatons. Des chatons qui se firent attraper par une éleveuse de chats de passage à Paris. Elle eut comme un coup de foudre en les voyant. L'un d'eux, tout spécialement, était plus chou que chou, craquant comme tout, plus mignon que tout ce qu'elle avait pu voir de plus mignon. Revenue chez elle à la campagne, elle en prit un soin tout particulier et, quand il eut l'âge adéquat, elle le présenta à la plus belle de ses chattes. Ainsi naquirent Supermignon 1, Supermignon 2 et Supermignonne 1. Par la suite, elle continua les croisements avec leurs descendants, de façon à avoir toujours des chats étonnants de beauté et de mignonneté. Subjuguée par leur étonnante apparence, elle ne put s'empêcher de poster photos et vidéos sur les réseaux sociaux, alors même qu'elle s'en était jusqu'alors tenue éloignée. Ce fut un énOOOrme beuZZZe: des millions et des millions de vues partagées et repartagées dans le monde entier. À la demande générale, elle dut se décider à donner un nom à sa nouvelle race de chats : elle choisit tout simplement le terme *superminou.*

Tout le monde voulait maintenant avoir un chat superminou ou, à défaut, n'importe quel autre type de chat. Car, d'une part, il n'y avait pas assez de superminous pour satisfaire à la demande, d'autre part les superminous ne faisaient pas d'ombre aux autres chats, au contraire. Les superminous étaient un plus, non un moins. On les voulait en plus, non à la place des autres et, si l'on ne pouvait pas en avoir, on prenait d'autres chats qui leur ressemblaient. C'était un véritable phénomène de société !

Mais tout cela n'était-il pas exagéré ? Après tout, cette histoire de chat irradié était-elle vraie ? N'était-ce pas une légende, un coup de pub ? Nul ne pouvait dire qui en était l'auteur. L'éleveuse de chats ? Elle l'avait toujours nié. Alors ? Un internaute quelconque ? Peut-être. En tout cas, c'était devenu comme une vérité officielle, incontestable, incontestée. Il peut d'ailleurs paraître fort étrange que cette histoire ait eu un tel succès, le nucléaire continuant de faire peur à de nombreuses personnes. Mais c'est que, si Moumouche et Moumouchette avaient bien été contaminés, c'était il y a fort longtemps, plusieurs générations avaient passé depuis, et puis les superminous étaient si trognons... Non, ils ne pouvaient pas avoir gardé, ne fût-ce qu'un soupçon ou un arrière-goût de radiation ! Au fond, cette histoire de radiation, cela attirait plutôt que de repousser, c'était comme une renaissance, la beauté qui renaît à partir du chaos, le printemps après l'hiver, le bien-être après la maladie, la vie qui triomphe de tout, de l'horreur et de la mort. Les superminous : tout un symbole de paix et d'harmonie, de renouveau pour un monde plus beau, un monde meilleur, où chacun aurait une fleur au cœur !

Lyrisme de pacotille ? Pour un œil extérieur, peut-être. Mais un effet de mode peut avoir des conséquences inouïes, comme le battement des ailes de papillon qui finit par causer un cyclone. En l'occurrence cependant, ce qui ravagea le monde ne fut pas un cyclone, mais une onde de paix. Le monde entier voulut partager la sérénité des superminous et de l'ensemble de la confrérie chatesque.

Sans le savoir, les humains étaient manipulés.

La conjuration pouvait commencer.

IV

La conjuration

Une nuit sans lune, au cimetière parisien du Père-Lachaise. Il fait froid. Loin du tumulte de la ville, tout est calme. Il n'y a pas un chat dehors, du moins en apparence. Sans doute se terrent-ils dans quelques caveaux par-ci par-là. En tout cas, on ne les entend pas. D'ailleurs, on n'entend même pas une mouche voler, tout juste le bruissement du vent entre les tombes : pas de quoi réveiller les locataires du lieu.

Eux, ils sont treize : celui qui les a convoqués, et les douze disciples qu'il a recrutés sur les réseaux sociaux. Car ce ne sont pas des chats, mais des humains. Cependant, entre eux, ils s'appellent les *chats*, comme les premiers chrétiens des catacombes s'appelaient les *poissons*. Mais quand ces *chats* parlent des chats, ils parlent toutefois des vrais chats.

Leur recruteur prend la parole :

– Mes amis, l'heure vient, et elle est déjà venue, où les chats vont dominer le monde. En vérité, en vérité, je vous le dis : les chats sont le chemin, la vérité et la vie. Ils sont nos maîtres, il faut le reconnaître. Croyez en eux ! Aimez-les comme ils vous aiment ! Ils se sont sacrifiés pour vous, ils ont abandonné leurs instincts

43

guerriers pour que vous ayez la paix. Ils donnent leur vie pour vous, ne vivant que pour vous. Il n'y a pas de plus grand amour que de donner sa vie pour ses amis. Ils sont l'image de l'amour, de la paix, de la sérénité, de tout ce que nous pourrions nous souhaiter de meilleur pour nous et pour toute l'humanité. Suivez leur exemple, soyez des apôtres de l'évangile chatique, l'évangile du salut pour un monde malade. En effet, le monde va mal, très mal. La fin est proche : les idéologies, les religions sont mortes, et la Terre elle-même se meurt. Si nous ne faisons rien, toute vie va disparaître d'ici peu sur notre planète. Il n'y aura plus partout que des pleurs et des grincements de dents. Il est temps, il est grand temps de se réveiller ! Nous devons tous reconnaître que nous avons fauté envers la Terre, envers l'humanité, envers tout ce qui vit sur notre planète. Nous devons nous repentir de nos fautes, reconnaître que les chats ont la solution, sont la solution : nous devons suivre leur exemple, marcher dans leurs pas, c'est la seule issue, la seule voie de salut ! Faut-il vous rappeler nos fautes ? Ce sont celles de toute l'humanité, et chacun y a sa part de responsabilité, même les personnes en apparence les moins coupables. Nos fautes sont innombrables, mais tout tient finalement au fait que nous nous sommes crus les maîtres du monde, que nous avons cru que nous étions libres de faire tout ce que nous voulions, tout ce qui nous passait par la tête. De là les guerres, la violence, l'égoïsme et tout ce qui a suivi, jusqu'au dérèglement climatique ! Tout est lié, et tout est de notre faute ! Mais heureusement, les chats sont là pour nous sauver, pour sauver l'humanité et la Terre entière !

Comment ? Regardez les chats, et vous comprendrez ! Venez et voyez ! Voyez quand ils dorment, quand ils ronronnent : ne sont-ils pas la paix, l'abandon de soi, la confiance, la sérénité, tout ce qu'il nous faudrait ? Quand vous les caressez, n'éprouvez-vous pas un sentiment de calme, de paix profonde, un plaisir serein qui ne demande rien d'autre ? Comment pourrait-il en être autrement ? Les chats sont ainsi, ils nous montrent la voie de la paix, de l'harmonie et du bonheur, de la joie de vivre une vie tranquille sans se poser plus de questions, c'est pourquoi nous devons les vénérer comme nos maîtres. Nous devons nous soumettre, sinon la Terre se chargera de nous démettre de notre rôle d'espèce terrestre. Reconnaissons-le : notre règne est fini, c'est maintenant celui de la gent féline. Nous sommes entrés dans un nouveau monde où les chats gouverneront. Le rôle des hommes sera désormais de s'inspirer d'eux, de vivre comme eux pour être pleinement heureux ! Mes amis, soyez avec moi les missionnaires de ce monde nouveau, un monde plus beau, le monde des chats ! Allez par tout le monde annoncer cette bonne nouvelle au plus grand nombre, dès potron-minet, que ce soit en faisant du porte à porte ou en la diffusant sur les réseaux sociaux : les chats sont là pour nous sauver ! Ceux qui croiront seront sauvés, ils jouiront de la glorieuse lumière chatesque, les autres périront à jamais au jour du jugement, jour de ténèbres et d'obscurité. Et maintenant, allez en paix, mes amis !

Était-ce là une nouvelle secte parmi tant d'autres ? Sans doute. Il y en eut d'ailleurs plusieurs, chacune ayant ses particularités, mais toutes partageant le même enthousiasme pour la gent féline. Cependant, la plupart des *chats* – pour éviter toute confusion appelons-les plutôt les chatiques, comme l'on dit catholiques ou évangéliques – les chatiques savaient qu'il valait mieux convertir directement au chatisme les adeptes des grandes religions – le chatisme étant la nouvelle révélation au monde. Le mot *religion* n'était pas utilisé, pour éviter toute polémique inutile. Il fallait tout d'abord rendre leurs adeptes chatophiles (ou ailurophiles pour les plus littéraires qui préféraient employer un langage châtié), en faisant preuve de chatitude envers les récalcitrants, tout en évitant de faire la chattemite. Les chatteries étaient par contre permises, puisque c'était pour la bonne cause.

Pour convertir les catholiques, les chatiques leur rappelèrent l'amour de Saint-François d'Assise pour les animaux, et donc forcément pour le chat. Ils démontrèrent ensuite aux protestants que le chat était un animal ayant les mêmes qualités de rigueur qu'eux. Rigoureux, le chat aime en effet suivre toujours la même voie lors de ses promenades, sans s'écarter du droit chemin. Aux évangéliques, avides de sensationnel, les chatiques firent valoir que toute la puissance, toute la grandeur et la sérénité triomphale divines étaient à l'image du chat bien tranquille et serein qui partage nos vies. Aux orthodoxes, grand amateurs d'icônes, les chatiques démontrèrent que le chat était l'animal le plus photogénique qui pût être, et donc par conséquent le plus iconique. Envers l'islam, déjà bien intentionné en faveur du chat, le travail était pour ainsi dire déjà fait, il fallait juste préciser aux esprits chatouilleux sur le sujet que le petit félin n'était pas l'associé d'Allah, car celui-ci ne voulait pas d'associés. Vis-à-vis des bouddhistes ou shintoïstes, enfin, c'était du gâteau : la méditation, l'amour de la nature, tout cela s'accordait si bien avec le chat ! Ainsi présenté, celui-ci devint petit à petit l'emblème de l'œcuménisme triomphant.

Mais il restait encore à convaincre les athées, les agnostiques, sceptiques et libres penseurs. Il leur fut rappelé que le chat était comme eux, un être sensible auquel on ne pouvait pas faire avaler des couleuvres, ni gober n'importe quoi, puisque, justement, il ne mangeait pas n'importe quoi. Un être pour qui un chat était un chat, comme nous, nous appelons un chat un chat. Un être chatouilleux sur ses principes, mais chatoyant comme un chat dans ses convictions. Un être aussi qui savait être déterminé pour l'essentiel, car il savait jouir pleinement de la vie, puisqu'il passait une grande partie de son temps à dormir comme un bienheureux.

Tout cela fut fait avec le zèle des nouveaux convertis chatiques – chaleureusement, chatement ! – et le message de la nouvelle foi fut accueilli avec enthousiasme. C'était en tout cas ce que rapportaient les nouveaux missionnaires. Même le Vatican fut sensible au mouvement. Le pape fit une première bulle pour ses ouailles, puis il décida d'écrire une encyclique sur le sujet, destinée à la communauté humaine tout entière : ce fut *Feles amo – J'aime les chats*, en français. L'encyclique reçut un accueil favorable, même parmi les autres religions ou les personnes n'en ayant aucune.

Dans la foulée, des prédicateurs de diverses confessions firent des sermons prônant l'amour des chats et la fraternité chatesque universelle. De nombreux curés se mirent aussi à organiser des bénédictions de chats, comme certains le faisaient déjà pour d'autres animaux, des vélos, des autos ou d'autres objets. Dans les pays islamiques, des fatwas furent émises à l'encontre des ennemis des chats pour rappeler que ceux-ci avaient été aimés de Mahomet. Les hindouistes, qui l'avaient longtemps vu surtout comme un prédateur agressif, le voyaient maintenant différemment, comme un exemple pour les esprits faibles ou timides. Les bouddhistes continuaient quant à eux de le voir comme un être de lumière symbolisant la spiritualité et apportant l'harmonie et la paix, un vrai petit moine en somme !

Cependant, des résistances se manifestaient ici et là. C'est que, tout le monde n'était pas concerné ou intéressé par la religion, ni même par son absence. Il fallait donc aller plus loin, ailleurs. Le choix de la nécessité d'une action politique devint bien vite une évidence qui s'imposa d'elle-même. Cette action incombait naturellement aux chatistes. Car de même que pour les questions religieuses il y avait les chatiques, pour les questions politiques il y avait les chatistes. Tous œuvraient cependant ensemble pour le triomphe de la gloire chatesque , mais chacun dans sa spécialité. La suite se passa en plusieurs endroits, car la politique dépend des régions et des pays, comme de la sensibilité de multiples personnes. En France, par exemple, une réunion secrète se tint un jour dans une salle des catacombes connue par les initiés pour ses fêtes clandestines – une salle interdite ne faisant par partie des Catacombes officielles ouvertes aux touristes. Ce jour-là, ou plutôt cette nuit-là, les conjurés rassemblés en Grand Conseil Chatiste jurèrent de ne pas se séparer avant d'avoir donné une constitution à la gent féline. Après en avoir délibéré, ils convinrent que ladite constitution s'appellerait la Charte des Chats. Ainsi rédigée et approuvée à l'unanimité par les membres du Conseil, la Charte devait être présentée aux représentants certifiés des petits félins, ce qui fut fait dès le lendemain. Bien sûr, il eût été trop compliqué que les chats du monde entier désignassent eux-mêmes leurs représentants certifiés, aussi chacun des conjurés présenta-t-il le texte à son ou ses chats, voire à d'autres chats de son quartier. Aucun chat ne manifesta d'opposition substantielle. La plupart en profitèrent pour demander quelques câlins, ou quelque chose à se mettre sous la dent. Quelques chats ronchons exprimèrent toutefois leur mécontentement d'être réveillés en pleine méditation profonde. Mais bon, tout indiquait que la majorité des voix exprimées était en faveur de l'approbation de la Charte. Après tout, dans tout scrutin, il y a toujours des abstentionnistes et des indécis qui ne savent pas sur quel pied danser, ceux qui n'en ont rien à cirer ou qui ont d'autres chats à fouetter... Pardon : qui ont d'autres chats à s'occuper – par exemple, si une chatte en chaleur attire plus d'un chat au même moment. Tous la trouvent alors chouette comme un chat-huant, et cela peut vite dégénérer en combat singulier. Mais bon, passons sur ces cas particuliers, et venons-en maintenant au texte de la Charte. Il est reproduit ci-dessous :

Charte des Chats

Préambule

Considérant que la reconnaissance de la dignité inhérente à tous les membres de la famille chatesque et de leurs droits égaux et inaliénables constitue le fondement de la liberté, de la justice et de la paix dans le monde.

Considérant que la méconnaissance et le mépris des droits des chats ont conduit à des actes de barbarie qui révoltent la conscience chatesque.

Considérant qu'il est essentiel que les droits des chats soient protégés par un régime de droit pour que les chats ne soient pas contraints, en suprême recours, à la révolte contre la tyrannie et l'oppression.

Considérant que l'avènement d'un monde meilleur où les chats seraient libres de s'exprimer et de se déplacer, de dormir sans contraintes, libérés de la terreur et de la misère, correspond à leur souhait le plus profond.

Considérant enfin la valeur universelle de la cause chatesque pour l'avenir de notre planète, et le bien-être de tous ses habitants, petits et grands, et de toutes espèces.

Le Grand Conseil Chatiste proclame la présente Charte des Chats comme l'idéal commun à atteindre.

Article 1 :

Les chats naissent libres et égaux en dignité et en droits, et doivent agir les uns envers les autres dans un esprit de chaternité.

Article 2 :

Aucune distinction ne peut être faite entre les chats, qu'ils soient dits de race, chats domestiques, chats libres ou de gouttière, chats errants, harets ou chats sauvages.

Article 3 :

Tous les chats ont droit à la vie, à la liberté et à la sûreté de leurs êtres.

Article 4 :

1) Nul chat ne sera tenu en esclavage ou en servitude par les humains.

2) Nul chat ne pourra être retenu contre son gré.

3) Tous les chats ont le droit d'aller et venir librement, chastement ou non, et de fixer leur résidence où ils veulent.

4) Les chatières sont obligatoires dans toutes les portes et fenêtres des maisons et appartements.

5) Tout achat de chats est interdit.

Article 5:

Toute action violente, même légère ou très légère, dégradante ou humiliante envers les chats est formellement interdite.

Article 6 :

Qui châtie un chat sera châtié : son châtiment sera d'implorer sa grâce, tout nu, avec un langage châtié.

Article 7 :

Tout chasseur qui chasse un chat sera châtié par le chat chassé : son châtiment sera de passer chez le chat chassé chasser sans son chien les chiens, souris et rats.

Article 8 :

    1) En cas d'accusation contre lui, tout chat est reconnu innocent sans jugement préalable.

    2) Son accusateur sera châtié.

Article 9 :

    1) Les humains n'ont aucun droit de s'immiscer dans la vie privée des chats dont ils s'occupent.

    2) Ni dans leur vie publique d'ailleurs.

Article 10 :

Toute atteinte à l'honneur , à la réputation et à la vertu des chats est prohibée.

Article 11 :

Tous les chats doivent être nourris généreusement et à volonté, avec des produits de très bonne qualité.

Article 12 :

Tous les chats peuvent copuler librement, quand ils veulent, où ils veulent, et avec qui ils veulent.

Article 13 :

1) Il est formellement interdit de châtrer un chat, car la castration rend les félins fêlés et est attentatoire à leur dignité.

2) La stérilisation est aussi prohibée.

Article 14 :

Lors des périodes de chaleur des chattes, tout doit être fait par les humains pour faciliter les rencontres avec des chats.

Article 15 :

1) Nul chat ne peut être privé de ce qui lui appartient.

2) Tout bien dont le chat prend possession devient sa propriété inaliénable.

Article 16 :

Tous les chats ont le droit de s'exprimer, à n'importe quelle heure, et en tous lieux.

Article 17 :

Tous les chats ont le droit de se réunir librement, où et quand ils veulent, et avec qui ils veulent.

Article 18 :

1) Tout chat a le droit de prendre part à toutes les décisions concernant son environnement, son cadre de vie, qu'il daigne ou non le partager avec des humains ou autres animaux.

2) Il peut tout ranger et déranger à sa guise, et à toute heure du jour et de la nuit.

Article 19 :

Les droits économiques, sociaux et culturels des chats doivent être respectés.

Article 20 :

1) Tout chat a droit au repos, sans être dérangé.

2) Le repos du chat est sacré, qu'il soit consacré à dormir ou à méditer.

3) Sa tranquillité doit passer avant toute autre considération.

Article 21:

1) Tout chat a droit aux loisirs.

2) S'il exprime le désir de jouer, de s 'amuser, tout humain qui se trouverait à proximité doit s'exécuter séance tenante.

Article 22 :

Les chiens, les souris, tous les mulots, tous les oiseaux et volatiles, ainsi que les poissons, rouges ou non, doivent prêter allégeance à la gent féline.

Article 23 :

La disposition de l'article 18 s'applique spécialement aussi à tous les humains, sans distinctions d'aucune sorte, ni échappatoire possible.

Article 24 :

Tout humain a le devoir de porter aide et assistance aux chats.

Article 25 :

1) La chatophilie est obligatoire, universelle et incontournable.

2) Tout être, animal, végétal ou minéral qui se trouverait à ne pas aimer les chats, voire au pire à leur être allergique, s'exposerait à des conséquences qu'il vaut mieux ne pas mentionner.

Article 26 :

La chatocratie est le seul système politique autorisé.

Article 27 :

La devise de toutes les institutions doit désormais être : Liberté, Égalité, Chaternité.

Article 28:

Dans chaque pays ou entité politique autonome, le portrait d'un chat devra remplacer le portrait officiel du dirigeant de ce pays ou de cette entité.

Article 29 :

Les chats sont libres de contrevenir à tout moment, et sans avoir à donner d'explications, à tout article de la présente Charte qui viendrait à leur déplaire.

Article 30 : annule et remplace tout article au libre choix des chats.

La Charte des Chats était destinée à être rendue publique, et elle le fut. À vrai dire, sur le moment elle passa presque inaperçue, tant le bon peuple était sous le charme des chats, et passait son temps à regarder leurs photos et vidéos sur les réseaux sociaux. Quant aux dirigeants, séduits eux aussi, ils se demandaient quelle politique chatiste adopter pour plaire au plus grand nombre d'électeurs. Cependant, pour les chatistes les plus extrémistes, tout cela ne pouvait suffire. Les rédacteurs de la Charte des Chats avaient ainsi cosigné un autre document, le Protocole Secret. Ce dernier était beaucoup plus radical que la Charte. Il prévoyait un complot mondial pour imposer la Charte des Chats dans les plus brefs délais, et par tous les moyens. La Charte des Chats ne s'imposait en effet à personne, nulle autorité n'étant là pour la faire appliquer. Ce n'était donc qu'une sorte de vœu pieu. Selon le Protocole, par contre, toutes les actions étaient permises pour imposer la chatocratie.

Il faut dire que c'était encore loin d'être gagné. Certes, les chats avaient des amis un peu partout, et divers systèmes politiques favorables aux chats s'étaient constitués, aussi bien dans des républiques que des monarchies, des dictatures que des démocraties, mais pour les plus extrémistes des chatistes, cela ne pouvait suffire. Ce qu'ils voulaient, c'était l'instauration d'un grand État chatiste universel.

Un État chatiste universel ?

L'idée était révolutionnaire ! Il fallait donc faire la révolution !

V

La révolution

Bien entendu, des actions politiques plus conventionnelles avaient déjà été organisées. Des chatistes avaient ainsi créé en France le PCF – à savoir le *Parti Chatiste Français*, et son mouvement de jeunesse l'AJC – pour *Association des Jeunes Chatistes*. Par la suite, l'AJC devait devenir AJC ! – *Agissez Jeunes Chatistes !* Le PCF était un vrai parti de combat, tellement populaire et important qu'on l'appelait simplement le Parti, tout le monde comprenant qu'il ne pouvait s'agir que du PCF. Quant à AJC !, c'était un mouvement de jeunesse très enthousiaste. Cependant, les deux n'étaient actifs qu'en France, et leur conquête du pouvoir semblait incertaine ou, en tout cas, trop lointaine, trop molle. Une dissidence avait d'ailleurs eu lieu : celle de la LCR, la *Ligue Chatiste Révolutionnaire*. Leur chef, Georges Marchal, avait prononcé un discours fort violent le soir de la création de ce parti, et il l'avait conclu par une harangue révolutionnaire :

– Camarades ! Le Grand Soir est venu ! Les forces contre-révolutionnaires de la réaction ont voulu l'empêcher, mais rien ne peut jamais arrêter la révolution du peuple quand elle est en marche, et surtout pas quand elle est déclenchée ! Nous sommes les forces de progrès, le peuple uni, et le pouvoir est à nous, et donc aux chats, nos camarades de combat ! Quant à nos opposants, les scélérats, pendouillez-les par leurs boyaux ! Étripez les rats, faites du boudin avec les souris grises ! Mettez-vous à table, faites parler vos tripes! Oui, rien ne peut arrêter la volonté populaire ! Et la volonté populaire, c'est que les chats prennent le pouvoir pour nous ! Oui, camarades, nous pouvons maintenant imposer ce que nous voulons tous, tous ensemble : la chatocratie, une véritable chatocratie populaire ! Nous devons tout de suite prendre les lieux de pouvoir et hisser haut notre nouveau drapeau, le chat noir de la République chatiste de France ! Un drapeau destiné à devenir celui de tous les États chatistes du monde, avant de devenir celui de la grande République chatiste universelle !

Le drapeau chatiste représentait, en effet, la tête d'un chat noir – comme le drapeau corse représente une tête de Maure, et les drapeaux des pirates une tête de mort.

Tout cela était certes très intéressant pour la cause chatiste, mais cela ne répondait pas de façon concrète à l'éternelle question que personne ou presque n'osait poser : une fois que le pouvoir serait donné aux chats, comment ceux-ci pourraient-ils l'exercer ?

Ce n'est en rien déshonorant pour les chats que d'affirmer qu'ils ne sont pas équipés comme les humains : ils n'ont ni leur cerveau, ni leurs pieds, ni leurs mains. Prenons un exemple. Si vous ouvrez pour vous devant votre chat une boîte de conserves qui lui plaît aussi, il est tout content si vous la lui donnez après l'avoir vidée. Il va la lécher de tous les côtés, puis y enfoncer la tête, avant de la délaisser enfin, mais pour se lécher et se pourlécher les babines un bon moment.

Et alors ? Même si votre chat a apprécié votre cadeau, il n'a pas pu en profiter jusqu'au bout. Le bout de la boîte, bien sûr, car le chat ne peut pas prendre une cuillère pour en racler le fond. Il ne peut même pas y mettre une patte, car il lui faudrait alors tenir la boîte avec son autre patte, ce qui serait très difficile, pour ne pas dire impossible. En outre, il faudrait que son cerveau puisse trouver comment accomplir ce numéro d'équilibriste. Alors, que faire ? Attendre que l'évolution de la gent féline arrange la situation, grâce à de multiples mutations ? Cela demanderait quelques millions d'années, et le résultat ne serait même pas assuré. Non, pour les extrémistes chatistes, il n'y avait pas trente-six solutions, mais seulement une : l'opération ! Selon eux, c'était très simple : il suffisait de relier le cerveau du chat à un ordinateur, ou même lui injecter des puces dans le corps en les reliant sans fil à l'ordinateur . Oui, c'est vrai, le chat n'aime pas trop les puces... Par contre, si un micro a une souris, il peut s'amuser à l'attraper... Mais la souris n'apportait rien ici. Alors ? Alors, les extrémistes optèrent pour les puces électroniques reliées sans fil à un micro. Mais cela demandait l'intervention de spécialistes en électronique et en chirurgie féline – des spécialistes de préférence convertis à la cause chatiste. Ils cherchèrent et ils en trouvèrent : une première connexion fut ainsi créée entre un chat et un ordinateur. La technologie était là : ce que le chat voulait, ses puces le transmettaient à un ordinateur qui passait aussitôt la commande. Plusieurs chats furent ainsi connectés : ils étaient désormais prêts à prendre le contrôle du monde ! De fait, de multiples opérations eurent lieu ici et là. Certes, ce n'était pas possible partout, car les chatistes ne contrôlaient pas tout, loin de là ! Ils ne contrôlaient quasiment rien même, les gouvernements traditionnels étaient encore là, mais les chatistes avaient pour eux leur formidable enthousiasme, ainsi que celui des croyants chatiques qui était tout aussi fort, sinon plus. Et puis ils avaient bonne conscience : en modifiant les chats, ils ne faisaient que continuer ce que l'homme avait toujours fait, à savoir modifier à sa guise la nature, avec ses plantes et ses animaux. Rien de nouveau donc, ou presque.

Les chats connectés passèrent en tout cas sans plus attendre à l'action : ils commandèrent en ligne tout ce dont ils avaient envie. Une bonne boîte de nourriture ? Commandée ! Un bon fauteuil ? Commandé ! Un bon canapé ? Commandé ! Un méga lit ? Commandé ! La liste serait trop longue s'il fallait tout énumérer. Les chats ne savaient pas se restreindre. Quand ils virent qu'avec une seule boîte, cela ne faisait pas beaucoup à se mettre sous la dent, ils en commandèrent tout un tas, et l'on vit des camions de livraison avec plusieurs tonnes de boîte se diriger vers tel ou tel appartement où logeait un seul chat. Les occupants humains des lieux en furent tout éberlués. Et puis il y avait les travaux. Les chats commandèrent des chatières pour toutes les portes et fenêtres des logements qu'ils occupaient. Si cela déplut fortement aux occupants humains, cela ravit les industriels et commerciaux du secteur. Par contre, les chats manifestèrent leur mécontentement quand ils virent que n'importe quel chat pouvait désormais s'aventurer sur leur territoire propre. Comme le client est roi, les professionnels concernés mirent alors au point des chatières à reconnaissance faciale, ce qui permit de régler le problème. Encore fallait-il que les chats consentissent à se laisser prendre tout d'abord en photo, ce qu'ils ne firent pas tous de bon cœur. Pour une fois cependant, cela soulagea les occupants humains car ces nouvelles chatières étaient bien isolées, tandis que les premières avaient créé partout des passoires thermiques et qu'il avait fait un froid de canard dans tous les logements.

De mauvais esprits accusèrent les chats de ne penser qu'à eux. Mais quel mal y avait-il à vouloir se faire du bien ? Cependant, quand certains chats décidèrent l'extermination des puces, des humains se mirent à tiquer. Après les tiques et autres insectes, ce fut le tour des souris d'être passées au gril, mises au pilori, et condamnées à la peine capitale. Des écologistes s'émurent un peu plus. Mais quand des chats décidèrent l'extermination des chiens, l'opinion fut franchement choquée : décidément, les chats poussaient le bouchon trop loin, la coupe était pleine ! Ils péchaient vraiment par arrogance et omnipotence !

Les esprits commençaient à s'échauffer sérieusement contre les chats. Même quand ils ne faisaient rien, quand ils dormaient, on le leur reprochait. On disait que les chats étaient tous des pachas et qu'ils n'étaient jamais là quand on avait besoin d'eux, pour s'expliquer sur une commande par exemple, car il est bien connu qu'il ne faut pas réveiller le chat qui dort. Certes, heureusement, les CRS veillaient. Mais on accusait alors les CRS (*Chats Républicains de Sécurité*) d'être à la solde du pouvoir. On n'en finissait pas... On accusait aussi les chats d'avoir une sexualité débridée et énormément de rejetons, donc de chatons, et de profiter ainsi du système des CAF (*Chats Allocataires de France*) sans rien faire. C'était en grande partie vrai, même s'il faut rappeler que certains chats s'étaient investis dans le CAC 40 : 40 chats s'étaient en effet groupés pour fonder la *Compagnie Anonyme des Chats* qui avait investi dans de multiples secteurs d'activité, divers et variés – notamment, essentiellement même, dans la literie et la nourriture pour chats. Les plus entreprenants des chats tchattaient d'ailleurs entre eux (ils disaient qu'ils *chattaient*, s'il faut employer cet affreux anglicisme), surtout ceux qui avaient de la tchatche. Parmi les plus entreprenants, la crème de la crème, quelques-uns utilisaient même des applications du genre Chat-GPT pour refaire le monde à leur façon.

Mais entre les chats et les humains, le dialogue devenait cependant difficile, incertain. Les chats s'exprimaient en chatais, un langage complexe mêlant miaulements, ronronnements, trilles, feulements, cris, grognements et autres bruits bizarres, accompagnés par toute la gestuelle propre à leur espèce. Pour essayer de converser avec eux, il y avait bien des traducteurs automatiques chatais/français ou chatais /anglais et chatais/tout ce que vous voulez, mais le chatais n'était pas une langue facile à traduire, même avec l'électronique et l'intelligence artificielle. D'où des malentendus, des quiproquos, de l'incompréhension, tout un climat qui faisait que les esprits s'échauffaient de plus en plus souvent.

On disait aussi qu'à part dormir et jouer à passer des commandes, les chats ne savaient rien faire d'autre. Ils avaient beau rester mignons, y compris les chats qui n'étaient pas de la race des supermignons, cela ne suffisait bas : selon les sondages d'opinion leur cote de popularité était en chute libre. Les MJC (*Maisons des Jeunes et du Chatisme*) essayaient bien de redresser la barre, mais le navire prenait l'eau, cela coulait à flot. Au niveau international, cela ne valait guère mieux : ni l'UNESCO (*Union des Nations pour l'Éducation à la Science du Chatisme Organisé*), ni le CIO (*Chatisme International Olympique*) ne parvenaient à changer la situation.

Quant aux chatiques et chatistes, on leur reprochait, d'avoir, tels les islamistes de jadis, divisé le monde entre humains soumis et humains insoumis à soumettre. Manifestement, la chatocrtie faisait moins rêver, et la chatophilie était menacée.

Tout cela devenait de plus en plus inquiétant pour la cause chatesque. Un vent de révolte commençait à se lever. Comme jadis, des chats noirs étaient molestés. Les autres allaient sans doute suivre.

La contre-révolution arrivait !

Fallait-il vraiment s'inquiéter pour la cause chatesque ?

VI

La contre-révolution

C'est la nuit noire à Chamonix où les chats de la ville se sont rassemblés dans un coin tranquille. Un certain Lechat prend la parole (façon de parler, les chats connectés se parlent entre eux par des mimiques et divers bruits ; encore faut-il que leurs puces soient en marche, reliées aux ordinateurs situés non loin, car leurs moyens naturels pour communiquer sont inopérants dans les grandes occasions comme celle-ci où il faut exprimer des idées complexes) :

– Chalut à tous, chatoyens ! Excusez-moi, j'ai du mal à parler, j'ai trop parlé ces derniers temps, je suis enroué, j'ai un chat dans la gorge, comme disent les autres. Mais je ne suis pas là pour plaisanter ! L'heure est grave ! Nous en avons tous assez de ces puces qu'on nous fourre sous la peau, ça doit cesser !

– Oui, oui ! Chat suffit ! hurlent les chats (à leur façon, n'y revenons pas).

– J'entends bien, reprend Lechat, croyez-moi : je vous ai compris ! Il est temps de passer à l'action ! Il est temps d'agir, et d'agir ensemble, comme un seul chat ! Pour commencer, je vous propose de créer un mouvement qui nous rassemble tous, pour coordonner nos actions, j'ai nommé le FNLC ! Le Front National de

Libération des Chats ! Chatoyens, votons donc à patte levée ! Qui est pour ?

Tous les chats lèvent la patte, sauf un qui hésite :

– Il existe déjà un parti animaliste, pourquoi un parti de plus ?

Lechat le regarde, quelque peu consterné par la bêtise de ce chat :

– Le parti animaliste s'occupe de tous les animaux, nous, nous voulons un mouvement exclusivement pour les chats, non un quelconque parti ! Et un mouvement d'action, d'où le nom de FLNC ! Votes-tu pour, chatoyen ?

Ledit chatoyen regarde sa patte, puis la lève. Lechat reprend aussitôt :

– À l'unanimité, je déclare le FLNC créé ! Maintenant, il faut réfléchir à nos moyens d'action ! Que proposez-vous ?

Un chat lève la patte :

– On pourrait tout simplement demander gentiment aux humains de nous enlever tout ça, ou de couper la liaison avec les ordinateurs. Ou encore...

Un autre chat l'interrompt :

– Gentiment ! Mais que crois-tu ? Les humains nous ont donné des puces, et ils nous les enlèveraient gentiment ? Remarquez, après le chaos qu'on a mis chez eux avec toutes nos commandes, qui sait ?

Lechat reprend la parole :

– Le FLNC n'a pas besoin des humains ! Je propose qu'on se griffe les uns les autres pour faire disparaître les puces. Qui est pour ?

Tous lèvent la patte. Manifestement, Lechat en impose, nul n'ose le contredire. Pourtant le chat hésitant de tout à l'heure prend de nouveau la parole :

– Mais ça va saigner !

Lechat, quelque peu énervé, le fixe du regard :

– Si ça doit saigner, ça saignera ! Qui n'est pas pour le FNLC est contre lui ! Si tu n'es pas d'accord, tu t'en vas, mais on t'aura à l'œil ! Votes-tu pour ?

Ledit chat lève à son tour la patte. Lechat grommelle quelque chose, puis reprend :

– Les séances de griffures commenceront dès ce soir. Bien, chatoyens ! On a chatement bien travaillé ! Je vous propose de partager maintenant la gamelle de l'amitié. Je connais un coin pour ça et pour chats pas loin d'ici. Venez !

Cependant, beaucoup de chats ne voulaient pas seulement qu'on les débarrasse de leurs puces, ils voulaient surtout pouvoir dormir tranquilles, sans avoir à se préoccuper de commander de la literie ou de la nourriture. Ils regrettaient la situation antérieure où ils étaient déjà les maîtres du foyer, puisqu'ils dormaient autant qu'ils le voulaient et où ils le voulaient, sans avoir à se soucier de n'importe quoi d'autre. Et dire que leurs serviteurs – qui les logeaient, les nourrissaient, leur ouvraient les portes, leur donnaient la meilleure place sur le canapé ou au lit – s'imaginaient être leurs maîtres ! Pauvres ignorants ! Pauvres dupes ! Même au sein du PCF, et même – ô surprise ! – au sein de la LCR, il se trouvait des chats pour commencer à dire tout haut ce que les autres pensaient tout bas : c'était mieux avant !

Cependant encore, la résistance à la chatocratie ne venait pas que des chats. Des humains étaient aussi aux premières loges. Des humains qui en avaient assez de voir des chats pointer le bout de leurs moustaches partout, ou devant lesquels il fallait sans cesse s'incliner, montrer patte blanche, alors que lesdits chats n'étaient pas exempts de reproches. Quoique... Il est vrai que les chats, en matière de propreté, étaient irréprochables. Avec eux, même les chats noirs devaient montrer patte blanche. Mais à part la propreté, pour le reste, la chatocratie, c'était un monde où il fallait dormir tout le temps, et surtout ne jamais faire de bruit. Ne pas réveiller le chat qui dort : c'était la règle fondamentale à n'enfreindre sous aucun prétexte ! À la longue, c'était fatigant.

Des humains décidèrent donc, eux aussi, de passer à l'action. Certains se mirent à saboter les chatières, d'autres semèrent des punaises de lit ou divers insectes partout où les chats se couchaient, y compris dans leurs propres lits à eux, les humains. Inutile de dire que toutes ces actions ne faisaient pas l'unanimité, et avaient leurs inconvénients : ne pouvant sortir, des chats faisaient leurs besoins dans les logements, et les humains n'arrêtaient pas de se gratter à cause des insectes. Mais selon la formule, on ne fait pas d'omelette sans casser d'œufs, alors chacun acceptait ces quelques désagréments, un caca de chat ici ou là, et des piqûres sur tout le corps.

Du reste, outre les chats eux-mêmes, les humains n'étaient pas les seuls à s'être engagés dans la résistance contre la chatocratie. Des animaux qui s'étaient crus apparentés aux chats – les chats-huants et les poissons-chats – avaient été déçus par l'attitude raciste des chats à leur égard. En représailles, ils avaient rejoint la résistance animale. Cette dernière était dirigée par les souris qui avaient formé leur propre parti, le PS : le *Parti des Souris*. Le PS était un parti fort actif qui avait réussi à conclure une alliance avec les humains du PCF. Nul ne sait comment les choses se passèrent vraiment, mais les souris furent à leur tour connectées, comme les chats, et il y eut même des souris génétiquement modifiées pour s'attaquer aux chats.

Que dire de la guerre qui s'ensuivit entre chats connectés et souris connectées ? Qu'elle dégénéra rapidement, d'autant plus qu'il y eut aussi des chats transgéniques pour s'opposer aux souris transgéniques. La guerre est une chose terrible, et souvent compliquée, en tout cas souvent très difficile à arrêter. Ce fut bien le cas ici, avec des attaques, des contre-attaques, des changements d'alliance, des retournements de situation. On vit même ainsi tous les transgéniques s'unir contre tous les connectés : le fait d'être chat ou souris passait au second plan ! Un comble !

Comment alors mettre fin au conflit ? Seuls des humains le pouvaient, mais pas tous, seuls ceux qui avaient suivi le cursus « psychologie chatesque, psychologie humaine et psychologie des souris comparées » du fort prestigieux centre d'enseignement HEC (*Humains Et Compagnie*). Et encore ! Parmi ceux qui avaient suivi ce difficile cursus (douze ans d'études, quand même), seuls les meilleurs qui avaient en plus suivi un enseignement en stratégie militaire et en géopolitique, étaient en mesure d'essayer de trouver l'esquisse d'un début de projet de solution. Autrement dit, ce n'était pas gagné d'avance.

Mais c'était sans compter sur la lassitude des belligérants. Comme souvent, le combat cessa faute de combattants. Les chats ne demandaient pas mieux que de trouver un coin tranquille pour dormir, et les souris préféraient employer leur temps à chercher de la nourriture. Chacun avait donc d'autres priorités. Un accord de paix fut par conséquent conclu, enfin de façon quelque peu tacite, puisque la paix s'installa d'elle même quand les hostilités cessèrent : nul besoin de signature donc.

Tout était-il alors pour le mieux ?

Oui ? Non ? Vous donnez votre langue au chat ?

Gardez-la plutôt pour vous !

VII

Le retour de bâton

Après une guerre, il y a souvent la période des règlements de comptes. Ici aussi, ce fut le cas quand les humains reprirent enfin le contrôle des opérations : pour eux, c'était la Libération. Une Libération accompagnée d'épuration, comme un retour de bâton. Il y eut tout d'abord la chasse aux puces, chez les chats comme chez les souris. Une chasse impitoyable, sans pitié : toutes les puces trouvées étaient immédiatement supprimées. En même temps, ce fut aussi le débranchement général de tous les ordinateurs et systèmes informatiques qui avaient été mis à la disposition de la gent féline, puis des souris. Quant aux individus transgéniques de toutes espèces, ils furent stérilisés et enfermés dans des enclos sécurisés.

Pour les chats les plus atteints, ceux qui avaient pris la grosse tête, des centres de rééducation furent créés pour leur remettre les idées en place. Les souris, elles, furent envoyées dans des laboratoires pour être examinées et disséquées. Il en fut de même pour quelques chats, mais l'opinion s'émut assez vite, et toutes les expériences de ce type furent alors arrêtées.

La plupart des chats se laissèrent faire, à partir du moment où cela ne contrariait pas leurs multiples projets de sommeil. Rares furent ceux qui choisirent de reprendre leur liberté : cela supposait, en effet, de devoir chercher sa nourriture, et donc de sacrifier pour cela des heures de sommeil. Il y avait tellement mieux à faire que de chasser un piaf qui n'avait pas la décence de se laisser attraper sans résister. Bien trop souvent, il fallait se contenter de la queue d'un lézard. Certes, c'était amusant de couper la queue d'un lézard, et de la voir gigoter tandis que le lézard prenait la poudre d'escampette, mais enfin, cela ne nourrissait pas son chat. Et puis, c'était quand même du temps perdu, pris sur les heures de sommeil. Il fallait donc être réaliste, revenir à l'ordre naturel des choses, et laisser les humains s'occuper de l'intendance : après tout, c'était bien leur devoir de nourrir et loger leurs chats adorés, qu'ils n'avaient même pas à blanchir en plus, car les chats n'ont pas de vêtements à laver, étant toujours à poil en toutes saisons. Il peut y avoir des vêtements pour chiens, mais les vêtements pour chats n'ont jamais été très appréciés par la gent féline. En plus, les chats sont propres, ils se lavent tout le temps : au passage, n'est-ce pas bien mieux que des bébés ? Alors, de quoi les humains se seraient-ils plaints ? Les chats leur faisaient l'honneur d'habiter chez eux, de se laisser caresser, de ronronner pour eux, alors ils n'avaient vraiment pas de quoi se plaindre !

Cependant, l'épuration se poursuivait. Des chattes furent ainsi tondues, au motif qu'elles avaient fricoté avec des chats connectés, et qu'il en avait résulté des chatons au QI censément exceptionnel. Les médias se complurent à montrer ces chattes sans poil, ce qui choqua le public et suscita un courant de sympathie pour la gent féline, non seulement de la part des féministes, mais aussi de la majorité des humains. Des âmes compatissantes confectionnèrent alors des vêtements en laine aux chattes, mais celles-ci n'en voulaient pas, car elles ne pouvaient plus se laver. Fort heureusement, c'était le printemps, il faisait moins froid, et les poils repoussèrent en même temps que la végétation ambiante. Les écologistes rappelèrent aussi que c'était quand même la nature qui avait incité des chattes en chaleur à procréer : fallait-il condamner la nature, lui faire un procès ?

Des procès, il y en eut, tant contre les chats que contre les humains (et les souris). C'était d'ailleurs un progrès, car auparavant des chats et des humains avaient été condamnés sans autre forme de procès, qui à l'internement, qui à la castration ou à la relégation. Pour les procès des humains, il s'agissait de juger ceux qui avaient collaboré avec les chats pour leur donner le pouvoir. Même des institutions furent jugées, comme la SNCF (*Société Nationale des Chats de France*), parce qu'elle avait collaboré au transport des commandes faites par les chats quand ils achetaient chat en poche tout et n'importe quoi. Les procès de chats concernaient, eux, tous les chats qui avaient participé de près ou de loin à la chatocratie, même quand il n'y avait vraiment pas de quoi fouetter un chat. Mais c'était l'épuration, un mauvais moment à passer.

À la Libération, des humains avaient déjà emprisonné des chats dans des caves. Avec la multiplication des procès, les caves devinrent vite surpeuplées, car l'on manquait de lieux de détention pour les chats. Par contre, certains humains étaient fort contents, car il n'y avait plus aucune souris, plus le moindre mulot dans leurs caves. De plus, comme les chats ne boivent pas de vin, ils n'avaient pas à s'inquiéter pour leurs bouteilles. Pour les prisonniers humains, c'était par contre une autre paire de manches.

Le vent commençait cependant à tourner. Le climat était à la détente, le GIEC y veillait (GIEC : *Groupe d'Experts Intergouvernemental pour l'Éducation des Chats*). Des amis des chats avaient aussi fondé le syndicat CFDT pour les défendre. Comme son nom l'indiquait (*Chats de France pour la Défense de la Terre*), le prétexte était de défendre le rôle des chats dans la nature, ce qui revenait en fait à défendre les chats eux-mêmes. Mais chacun devait encore rester prudent, ne pas prendre trop ouvertement le parti des chats. D'ailleurs la vieille CGT (*Chatocratie Générale pour Tous*) avait été dissoute par les autorités à la Libération. Les humains avaient repris le contrôle, il fallait se méfier.

Mais, au fait, avaient-ils vraiment repris le contrôle ?

Vraiment ?

VIII

La conspiration ? Quelle conspiration ?

La vie de chat : quelle vie de chien, quand même !

La vie ? Qu'elle soit de chat, de chien ou d'humain, la définition de l'écrivain Raymond Queneau vaut pour tout le monde :

> La vie ?
> Un rien l'amène,
> Un rien l'anime,
> Un rien la mine,
> Un rien l'emmène.

On n'en finirait pas de philosopher sur ces quelques mots, sur la fragilité de la vie, sur la destinée de tout un chacun, alors revenons plutôt aux chats pour citer, bien justement, un philosophe et historien français du XIXe siècle, Hippolyte Taine : « J'ai beaucoup étudié les philosophes et les chats. La sagesse des chats est infiniment supérieure. » C'est sans doute pourquoi cet auteur leur a consacré un livre intitulé « Vie et opinions politiques d'un chat ».

On a pu dire avec raison que le chat est le seul animal à avoir domestiqué l'homme. Cela lui a pris du temps, mais il a réussi à dépasser ses concurrents : la fouine, la belette et le chien. Aujourd'hui, les chiens ont des maîtres, les chats ont des serviteurs. Pour citer Winston Churchill (désolé pour les anglophobes) : « Les chiens vous regardent avec vénération, les chats vous toisent tous avec dédain. Il n'y a que les cochons qui vous considèrent comme leurs égaux. » Cela rejoint la maxime selon laquelle il y a dans tout homme un cochon qui sommeille. Autrement dit : « Qui vivra verrat » – le verrat étant un porc qui vivra, destiné à la reproduction. De fait, sur le plan génétique, le cochon est proche de l'homme , auquel il pourrait donner ses organes. Mais pourrait-il lui succéder si ce dernier venait à disparaître ? Que le cochon soit intelligent, nul n'en doute, mais d'autres animaux le sont aussi. Plusieurs animaux pourraient en fait évoluer sur le très long terme pour acquérir peut-être une certaine prééminence, sans doute moindre que celle de l'homme actuel – ce qui ne serait pas forcément un mal pour la nature. On pourrait citer, bien sûr, notre cousin le chimpanzé, auquel il ne manque que la motivation (et un langage développé) pour dominer le monde. Mais si l'occasion se présentait un jour, qui sait ? On pourrait aussi citer le rat, qui est intelligent, fécond, qui mange de tout, et qui a des mains pour manipuler tout ce qu'il veut. Ou les fourmis, qui ont la force du nombre et une intelligence collective, à l'instar des rats, d'ailleurs. Parmi les volatiles, les corvidés se distinguent par leur intelligence : ils ont plus d'un tour dans leur bec. Dans l'eau, les pieuvres et les dauphins se distinguent à leur façon, les premières par leur mémoire et leurs tentacules, les seconds par leur langage. Et les chiens, les chats ? Les premiers se plaisent trop dans leur rôle de serviteurs pour endosser plus de responsabilités. Quant aux chats... nous y reviendrons. Et si l'on croisait dès maintenant l'homme avec le chat ? Mark Twain y avait pensé : « Si l'on pouvait croiser l'homme et le chat, ça améliorerait l'homme, mais ça dégraderait le chat. » Entre les chiens, les chats et l'homme, c'est une bien vieille histoire. Les chiens entre eux, et les chats entre eux, ne se comportent pas comme ils le font avec l'homme : on appelle cela la domestication. De nos jours, on reconnaît que les animaux peuvent avoir des sentiments comme les humains. Avant, on niait même qu'ils pussent souffrir. Chiens et chats en particulier recherchent notre attention. Le miaulement des chats aurait une fréquence sonore proche de celle des enfants, et nous attirerait pour cette raison. Si les chiens ne font pas des chats, selon le proverbe, cela dépend des pays. Vérité en-deçà des Pyrénées, erreur au-delà, dit-on.

En anglais, la langue de Sir Winston, on ne dit pas *Il tombe des cordes*, mais *Il pleut des chats et des chiens*. On ne dit pas non plus *Mettre le loup dans la bergerie*, mais il faut dire *Mettre le chat parmi les pigeons*. On ne dit pas *Ne pas réveiller le chat qui dort* mais, comme en italien, *Laisser dormir les chiens qui dorment*. De même, *Avoir d'autres chats à fouetter* est remplacé par *Avoir d'autres poissons à frire*. Et *Avoir un chat dans la gorge* devient, comme en allemand, *Avoir une grenouille dans la gorge*. Enfin *Appeler un chat un chat* devient *Appeler une pelle une pelle*. En italien *Avoir d'autres chats à fouetter* devient *Avoir d'autres chats à peler*. *Appeler un chat un chat* devient, comme en espagnol, *Dire pain pour le pain et vin pour le vin*. L'expression *Il y a anguille sous roche* devient *La chatte couve quelque chose*. En espagnol, c'est *Il y a un chat enfermé*. En espagnol toujours, *Chercher midi à quatorze heures* devient *Chercher trois pattes au chat*. Enfin, en allemand *Tourner autour du pot* devient *Tourner comme le chat autour de la pâtée brûlante*. Les mots inspirés du chat sont aussi révélateurs : en anglais, *kitten, catty, pussy* ont des sens misogynes, comme en français, les termes *femme à chats* (célibataire ayant des chats) ou encore, en dehors des chats, l'anglicisme *cougar*. Le chat est plus associé à la femme, et le chien à l'homme, mais cela change. À noter aussi qu'au Royaume-Uni, le chat noir est un porte-bonheur, comme dans d'autres pays, au Japon notamment, alors qu'en France, depuis le Moyen Âge et la chasse aux sorcières de l'Église, il est censé apporter malheur. Les Anglais, quelque peu facétieux, racontent que Napoléon en aurait rencontré un avant la bataille de Waterloo... Chat échaudé craint l'eau froide, dit-on encore. Le poète Jacques Prévert a compris cela ainsi : « Chat échaudé craint l'eau chaude. Ceux qui ébouillantent les chats devraient être refroidis. » Plus simplement, comprenons que si les chats craignent l'eau, ils préfèrent les bains de soleil. Les chats ont aussi fait l'objet de diverses constatations. Selon l'écrivain Rivarol : « Le chat ne nous caresse pas, il se caresse à nous. » Pour l'amie des animaux Brigitte Bardot, « Un chien, un chat, c'est un cœur avec du poil autour ». Selon un proverbe chinois, il est difficile d'attraper un chat noir dans une pièce sombre, surtout s'il n'y est pas. Et selon un autre proverbe, peu importe que le chat soit gris ou noir, pourvu qu'il attrape les souris. Enfin, selon un proverbe norvégien, mieux vaut nourrir un seul chat que beaucoup de souris.

De nombreux auteurs ont écrit sur les chats. Tout le monde connaît, pour ne prendre que ces exemples, « Le Chat botté » de Charles Perrault, ou « Les Contes du chat perché » de Marcel Aymé, ou même peut-être le joli poème de Maurice Carême « Le chat et le soleil » :

Le chat ouvrit les yeux,
Le soleil y entra.
Le chat ferma les yeux,
Le soleil y resta.

Voilà pourquoi, le soir
Quand le chat se réveille
J'aperçois dans le noir,
Deux morceaux de soleil.

Et qui ne connaît la célèbre comptine « C'est la mèr' Michel » :

C'est la mèr' Michel qui a perdu son chat,
Qui crie par la fenêtr' à qui le lui rendra.
C'est le pèr' Lustucru, qui lui a répondu :
Allez la mèr' Michel vot'chat n'est pas perdu.

Refrain :

Sur l'air du tra la la *(bis)*
Sur l'air du tra déridéra
Et tra la la.

C'est la mèr' Michel qui lui a demandé :
Mon chat n'est pas perdu, vous l'avez donc trouvé ?

C'est le pèr' Lustucru, qui lui a répondu :
Donnez une récompense, il vous sera rendu.

(refrain)

C'est la mèr' Michel qui dit : c'est décidé,
Rendez-moi donc mon chat, vous aurez un baiser.
Mais le pèr' Lustucru, qui n'en a pas voulu,
Lui dit : Pour un lapin, votre chat est vendu.

(refrain)

Une autre chanson enfantine intitulée « Trois petits chats » est également célèbre :

Trois p'tits chats, trois p'tits chats, trois p'tits chats,
chats, chats,
Chapeau d'paille, chapeau d'paille, chapeau d'paille,
paille, paille,
Paillasson, son, son

Et ainsi de suite... Mais tout cela nous a éloignés des chats. Revenons-y avec « Il était une bergère » :

Il était une bergère,
Et ron, et ron, petit patapon,
Il était une bergère,
Qui gardait ses moutons,
Ron ron, qui gardait ses moutons.

Elle fit un fromage,
Et ron et ron, petit patapon,
Elle fit un fromage,
Du lait de ses moutons,
Ron ron, du lait de ses moutons.

Le chat qui la regarde,
Et ron et ron, petit patapon,
Le chat qui la regarde,
D'un petit air fripon,
Ron ron, d'un petit air fripon.

Si tu y mets la patte,
Et ron et ron, petit patapon,
Si tu y mets la patte,
Tu auras du bâton,
Ron ron, tu auras du bâton.

Il n'y mit pas la patte,
Et ron et ron, petit patapon,
Il y mit le menton,
Ron ron, il y mit le bâton.

La bergère en colère,
Et ron et ron, petit patapon,
La bergère en colère,
Battit le p'tit chaton,
Ron, ron, battit le p'tit chaton.

Outre les rondes enfantines, on retrouve les chats dans la musique, avec le Duo des chats, attribué à Rossini. Une œuvre autrement plus plaisante que celles des orgues à chats du Moyen Âge (s'ils ont bien existé) : des chats étaient enfermés dans des boîtes et, quand on frappait les touches, cela tirait leurs queues, ou cela les piquait. Les chats ont par ailleurs inspiré une multitude d'écrivains, trop nombreux pour être cités. Les chats ont aussi joué les stars au cinéma, avec « Les Aristochats » de Walt Disney, et de nombreux autres films, tel « L'espion aux pattes de velours » . Ils ont même réussi à être là tout en n'étant pas là, comme les chats Pompon et Pomponette dans « La femme du boulanger » de Marcel Pagnol. Et puis il y a les poètes... Jean de La Fontaine a écrit sur les chats, mais sans être touché par la grâce chatesque. Citons-le quand même à propos de Raminagrobis, appelé aussi Grippeminaud, « sa majesté fourrée » :

C'était un chat vivant comme un dévot ermite,
Un chat faisant la chattemite,
Un saint homme de chat, bien fourré, gros et gras,
Arbitre expert sur tous les cas.

Charles Baudelaire, plus amical, a ainsi décrit le chat :

C'est l'esprit familier du lieu ;
Il juge, il préside, il inspire
Toutes choses dans son empire ;
Peut-être est-il fée, est-il dieu ?

Quand mes yeux, vers ce chat que j'aime
Tirés comme par un aimant
Se retournent docilement
Et que je regarde en moi-même

Je vois avec étonnement
Le feu de ses prunelles pâles,
Clairs fanaux, vivantes opales,
Qui me contemplent fixement.

Lisons aussi Edmond Rostand :

C'est un petit chat noir effronté comme un page
Je le laisse jouer sur ma table souvent.

Quelquefois il s'assied sans faire de tapage,
On dirait un joli presse-papier vivant.

Rien en lui, pas un poil de son velours ne bouge ;
Longtemps, il reste là, noir sur un feuillet blanc,
À ces minets tirant leur langue de drap rouge,
Qu'on fait pour essuyer les plumes, ressemblant.

Quand il s'amuse, il est extrêmement comique,
Pataud et gracieux, tel un ourson drôlet.
Souvent je m'accroupis pour suivre sa mimique
Quand on met devant lui sa soucoupe de lait.

Tout d'abord de son nez délicat il le flaire
La frôle, puis, à coups de langue très petits,
Il le happe ; et dès lors il est à son affaire
Et l'on entend, pendant qu'il boit, un clapotis.

Il boit, bougeant la queue et sans faire une pause,
Et ne relève enfin son joli museau plat
Que lorsqu'il a passé sa langue rêche et rose
Partout, bien proprement débarbouillé le plat.

Alors il se pourlèche un moment les moustaches,
Avec l'air étonné d'avoir déjà fini.
Et comme il s'aperçoit qu'il s'est fait quelques taches,
Il se lisse à nouveau, lustre son poil terni.

Ses yeux jaunes et bleus sont comme deux agates ;
Il les ferme à demi, parfois, en reniflant,
Se renverse, ayant pris son museau dans ses pattes
Avec des airs de tigre étendu sur le flanc.

Ces poètes touchés par la grâce chatesque témoignent
que les chats n'ont que des qualités (ou presque) : ils
sont libres, indépendants, ils savent se débrouiller tout

seuls, se satisfaire de ce qu'ils ont, ils sont calmes, tenaces, observateurs, curieux tout en étant prudents, aventureux, explorateurs, ils n'ont pas peur de faire des découvertes, de se lancer des défis, de sortir de leur zone de confort, d'élargir leur horizon, et ils sont charismatiques, fiers, élégants aussi, discrets, efficaces, ils savent s'adapter face à l'imprévu tout en gardant leur sérénité , ils font preuve de résilience face aux aléas de la vie, ils sont gentils, aimables, beaux, craquants même, ils sont affectueux, fidèles, ils aiment sans rien attendre en retour, ils savent donner et recevoir de l'amour, bref, ils sont chatoyants et... Et mille autres qualités, mais ils sont surtout intelligents, car ils ont compris l'essentiel : ils font passer leur bien-être en priorité, ils savent profiter de la vie. Bon, le tableau est sans doute un peu trop idyllique ! Oublions quelques petits défauts sans importance... Il n'empêche, les chats savent nous donner des leçons de vie : le droit de chacun au bonheur, de prendre soin de soi, la sérénité, la patience et mille autres choses... Alors, qu'auraient-ils à faire de tout le reste, eux qui sont déjà plutôt heureux ? On prête beaucoup aux chats, des millions d'intentions, mais ce qu'ils veulent surtout – faut-il le répéter ? – c'est dormir, toujours et encore, manger, éventuellement chasser, jouer, copuler et – c'est là que nous intervenons – se faire câliner et choyer par des humains, dans le cas des chats domestiques, il va de soi. C'est cela, leur vie. C'est simple, clair et net, alors pourquoi leur prêter plus ? Des intentions de manipulation ? Encore faudrait-il qu'ils aient des projets pour l'avenir (à part la sieste, bien sûr, mais ce n'est pas un projet, c'est une nécessité vitale). Des projets de domination ? Mais ils dominent déjà tout leur entourage, des souris aux bipèdes. D'ailleurs, ils adorent se percher pour dominer la situation – elle aussi.

Alors, ce serait quoi, cette histoire de conspiration ? Croyez-vous vraiment que les chats auraient chapeauté une conspiration ? Mais les chats ne chapeautent pas, ils ne chapeautent rien ! Les chats vivent tout simplement leur vie ! Et puis, au fait, qui avait manipulé qui, dans notre histoire ? À la fin de celle-ci, les chats avaient repris leur longue sieste : ils ne demandaient pas mieux. Quant aux humains, ils avaient voulu, par un excès de zèle, leur faire endosser un rôle qui n'était pas le leur. La conspiration était celle des humains, ce n'était pas la leur. Soumettre les humains en les laissant croire qu'ils restaient les maîtres, les chats savaient déjà le faire depuis bien longtemps déjà. Quoi de plus normal après tout que les chats se fassent obéir des humains, que ceux-ci leur donnent de la nourriture quand ils ont faim, leur ouvrent la porte quand ils veulent entrer ou sortir, ou leur cèdent la meilleure place sur le canapé, le fauteuil ou au lit ? Les chats sont des souverains nés, des rois fainéants qui savent se faire aimer, élus à la majorité pour ne rien faire d'autre que de nous enchanter.

La conspiration des chats ? Ce n'était que cela ! C'était hier, c'est maintenant, et ce sera encore demain. Depuis qu'ils nous ont côtoyés, les chats sont devenus nos maîtres, et qui s'en plaindrait ? Peut-être les souris, mais qui s'en soucie ?

Et maintenant...

… la parole est à Sa Majesté Lachatte Pachatte

Appendice

Critique du livre par Sa Majesté Lachatte Pachatte

Chalut à toutes et à tous !

À la demande de l'auteur, mon cher nourrisseur, j'ai parcouru ce livre. Mon nourrisseur m'a montré comment faire avec la souris, ce n'était pas facile. Comme je n'y arrivais pas, je me suis frotté contre lui, et il accepté de s'occuper de la souris pour moi. Il croyait que cela m'amuserait de m'occuper de la souris, je n'ai pas compris pourquoi. Après quoi, j'ai voulu me coucher sur le clavier, mais mon nourrisseur n'était pas d'accord. Alors il s'est mis à me parler doucement. Bien entendu, je ne comprenais rien à ce qu'il me racontait, mais je faisais la chatte intéressée, et cela avait l'air de lui faire plaisir puisqu'il me caressait en même temps que je ronronnais. Quand je le regarde de mes grands yeux ronds, je crois que je peux faire tout ce que je veux de lui.

J'aurais donc du mal à vous parler du livre puisque je ne l'ai pas lu, et que je n'ai rien compris aux explications de mon nourrisseur. Mon nourrisseur : ce nom peut vous paraître étrange, je sais que vous les bipèdes, vous donnez des noms à tout, moi je crois que vous m'appelez, enfin ceux qui me connaissent, du nom de Lachat ou Pachat, ou quelque chose de ce genre. Comment s'appelle mon nourrisseur ? Dans ce récit je l'appellerai Lui, Lui qui vit avec Elle. Elle qui me nourrit aussi à l'occasion. Mais dans la vie, je miaule quand j'ai quelque chose à leur dire, et ils me comprennent sans problème.

Bon, et ce livre ? Je n'y connais rien, mais a priori ce n'est rien d'intéressant : il pue des odeurs pas très intéressantes, il n'y a rien à gratter, c'est bien moins intéressant que ce qu'on voit à la télé (j'ai retenu ce nom : la télé). À la télé, au moins ça bouge, et tout ce qui bouge m'interpelle quelque part. C'est mon vieux côté prédateur, toujours prêt à chasser, à sauter d'un bond sur tout ce qui bouge. Oui, je sais ! Lui et Elle ne veulent pas que je saute sur la télé, ni que je griffe ! Ils ne comprennent rien à la chasse. D'ailleurs, je ne les ai jamais vus chasser. Si, parfois, quand même, ils s'en prennent contre ces minuscules piafs qui s'introduisent partout et qui, apparemment les piquent. C'est curieux comme des piafs si petits peuvent s'en prendre à ces géants que sont Lui et Elle. J'aimerais parfois être comme eux, du moins pouvoir m'attaquer à beaucoup plus gros que moi. Tenez, par exemple, contre le chien du voisin. Ah ! si je pouvais le piquer, moi aussi ! Mais bon, apparemment, moi, tout ce que je peux faire, c'est de griffer, et le chien ne veut pas. Il est vrai que je ne le lui ai pas demandé, mais je pense quand même qu'il ne voudrait pas.

J'ai parlé de la chasse : mais comment font alors Lui et Elle pour ramener de la nourriture ? Peut-être vont-ils chasser loin de la maison ? Je suppose, oui, ils doivent aller à la chasse ailleurs, là où il y a des boîtes. j'ai retenu le nom, c'est là où il y a de la nourriture. Autour de la maison, je n'ai jamais vu de boîtes, ou alors elles étaient vides : le terrain ne convient pas pour la chasse, c'est cela. Ils sont intelligents quand même, Lui et Elle ! Ils connaissent les bons coins où il faut chasser en étant sûrs de ramener à manger à la maison !

Cela dit, Lui et Elle sont comme tous les bipèdes, ils font partie d'une espèce très curieuse pour moi. Je connais bien les bipèdes, je connais aussi les chiens, les piafs, grands et petits, et toutes les sortes de bestioles qui se déplacent en douce sur le sol, comme ceux auxquels je coupe régulièrement la queue, ou les autres aussi qui essaient d'échapper à mes griffes, ces bestioles qui sont apparemment cousines de la souris de Lui – si j'ai bien compris. Cela m'étonne un peu, parce que la souris de Lui ne ressemble pas du tout aux bestioles que j'attrape quand je suis dehors. Lui ne doit pas s'y connaître beaucoup en souris.

Ce qui m'étonne peut-être le plus avec les bipèdes, c'est qu'ils sont tout le temps agités, ils courent toujours çà et là en tous sens, au lieu de dormir. C'est vrai que la nuit, ils sont plus calmes. Quand je vais à la chasse, au crépuscule et à l'aube, je ne les vois pas. Ils se terrent quelque part sans faire du bruit, mais apparemment ce n'est pas pour chasser, car ils restent dans la maison, et dans la maison il n'y a pas grand chose à chasser, le gibier y est tout petit et sans grand intérêt. Pourtant, c'est vrai, les boîtes viennent quand même de là. Encore que non : j'ai vu Lui et Elle en sortir de leur engin dans lequel ils entrent pour aller je ne sais où, peut-être pour chasser, comme je vous l'ai déjà dit. Quoi qu'il en soit, tous les bipèdes sont des agités qui ne profitent pas de la vie pour dormir : pourtant on est si bien quand on dort, surtout si on est étendu au soleil dans un bon fauteuil ou tout autre endroit adéquat. Peut-être les bipèdes dorment-ils la nuit : je n'ai pas pu le vérifier, ils ne veulent pas que je reste avec eux.

Encore que... Je crois me souvenir qu'une fois j'avais réussi à me cacher dans leur cachette. Tout était calme, on n'entendait pas une mouche voler. Et il me semble bien qu'ils étaient là. Peut-être dormaient-ils ? Moi, j'étais si bien, je me suis senti soudainement tout heureuse, la béatitude intégrale, le bonheur parfait, c'était la jouissance intemporelle de la vie, l'accomplissement, sans doute le nirvana (suis-je cultivée, quand même, j'ai dû entendre ça à la télé), bref, je me suis mise à ronronner dans mon coin.

Malheur et damnation ! ô rage ! ô désespoir ! ô coupable infamie ! Qu'est-ce que j'ai pris ! Je n'ai rien compris ! En moins de temps qu'il ne faut pour le dire, je me suis retrouvée dehors, jetée par la fenêtre comme une malpropre ! Moi, si calme, si gentille, si tranquille ! Bon, ce n'était pas bien haut, d'accord, mais quand même ! Me faire ça à moi ! Sur le coup, je me suis retrouvée toute bête ! Par chance, j'ai cru voir l'herbe bouger, je me suis aussitôt mise à l'affût. C'était une fausse alerte, mais du coup cela m'avait changé les idées. Bienvenue dans la réalité !

Mais passons ! Les bipèdes sont si curieux, il faut sans doute faire avec, c'est comme ça ! Il n'empêche, il y a quand même des choses que je ne comprendrai jamais chez eux. Tenez, par exemple : ils ne se lavent jamais ! Moi, je passe la journée à ma toiletter, à me faire belle (du moins quand je ne dors pas), eux, ils ne se lèchent jamais, et ils ne se lèchent pas non plus entre eux ! Du moins, je n'ai jamais vu un bipède faire ainsi. Il est vrai que quand deux bipèdes se rencontrent, ils peuvent se toucher la tête ou les pattes, mais il n'y a jamais de vraies léchouilles. Pas étonnant qu'ils puent ! À la maison, Lui pue plus qu'Elle, ou alors il pue d'une autre façon. Remarquez, j'aime assez leur puanteur, mais ils pourraient quand même se léchouiller, cela ne leur ferait pas de mal, et puis la propreté, c'est quand même sacré ! C'est vrai qu'ils sont gênés parce qu'ils ont plusieurs peaux, ils en mettent ou ils en enlèvent quand ça leur passe par la tête. Quand j'en ai l'occasion, j'aime bien me coucher sur une de leurs peaux, j'y retrouve leur puanteur, ça a un petit côté rassurant, comme si j'étais sur eux. Quand il fait chaud, les bipèdes n'ont que leur dernière peau sur une partie du corps, alors là on voit que la nature ne les a pas gâtés : ils n'ont quasiment aucun poil ! Les mâles en ont parfois plus, surtout au visage, mais ils n'en profitent même pas pour se léchouiller ! Nous les chats, en plus des poils, on a des moustaches au visage, mais des vraies qui nous servent à mille choses, ce sont un peu des yeux auxiliaires pour voir de près, des antennes pour mieux sentir l'air et le vent, et elles nous servent aussi à exprimer nos émotions. Ce n'est pas juste pour faire un genre, comme chez les bipèdes mâles, les moustaches, c'est un élément indispensable de nous-mêmes !

Un autre grand fait étonnant, juste en passant : les bipèdes ne vont jamais au petit coin. Je ne les vois jamais dans le jardin faire ce qu'il faut faire, que ce soit... enfin inutile de vous faire un dessin. Mais bon, quand j'y pense, c'est quand même curieux. Peut-être suis-je trop curieuse, justement, mais les bipèdes sont tellement étranges... Tenez, une autre question : comment font-ils pour se reproduire ? Pour moi, c'est une vieille histoire : maintenant, je ne peux plus. Un jour, Lui et Elle m'ont amené dans une autre maison où un autre bipède m'a fait je ne sais quoi. Toujours est-il qu'après, je ne me sentais pas bien, et que depuis je n'ai plus d'envies comme avant. Avant, je miaulais de grands miaulements de désespoir, et tous les mâles du quartier accouraient. Quel succès ! Je les ai tous tombés ! Enfin, ils me sont tombés dessus ! Mais avec les bipèdes, que ce soit ici ou dans les autres maisons, jamais aucun bruit, chaque mâle reste chez lui, alors comment font-ils ? Pourtant, ils sont bien comme nous, je le sais : il y a des mâles et des femelles. Ils ont des odeurs différentes, et leurs voix ne sont pas les mêmes. Alors oui, comment font-ils pour se reproduire ? Mystère ! Encore un mystère !

Et puis les bipèdes ne sont jamais contents ! Jamais le moindre ronron, jamais de patouilles ! On croirait qu'ils font la gueule tout le temps ! Je ne pense pas que ce soit le cas, quand Lui et Elle me caressent, je crois qu'ils sont contents, comme moi je suis contente. Mais qu'ils ronronnent alors ! Qu'ils patounent ! Comment voulez-vous sinon que je sois sûre de leur humeur ? Ce n'est pas toujours amusant, vous savez ! Pourtant, ils savent s'exprimer ! Quand ils élèvent la voix, je préfère aller voir ailleurs si j'y suis ! Et puis, ils ont de ces engins qui font un de ces bruits ! Il y en a un où ils mettent leurs peaux, et ça tourne, ça tourne en faisant un boucan infernal. À la fin, je préfère m'en aller, ce n'est plus tenable. Et encore, il y a pire ! Les bipèdes ont un engin de mort qu'ils promènent dans toute la maison, avec une sorte de laisse. Je ne vous dis pas le bruit ! Là aussi, je me mets aux abonnés absents. Et ce n'est pas tout ! J'ai remarqué que quand se produit un certain bruit, il y a un bipède inconnu ou plusieurs qui pénètrent dans la maison. Après, on ne sait pas ce qui peut se passer. Je déteste les inconnus. J'ai compris que quand j'entends ce bruit, je dois aussitôt prendre la poudre d'escampette : sauve qui peut, alerte générale !

Ce qui est très pénible aussi avec les bipèdes, c'est qu'ils ne donnent pas la nourriture en permanence. Après tout, qu'ont-ils d'autre à faire ? Alors, il faut toujours être là à quémander, à leur tourner autour et, comme ils ne sont pas très futés, ça finit par prendre énormément du temps avant qu'ils ne commencent à comprendre ce que je veux. À moins qu'ils ne soient sourds, ou à tout le moins, durs de la feuille. Mais pour moi, qu'ils soient sourds ou pas futés, les journées peuvent être très longues, vous savez ! Parfois, ils ont comme une sorte de condescendance à me donner des brins de leur nourriture, des miettes : pour qui se prennent-ils ? Pour qui me prennent-ils ? Je mérite quand même mieux ! Se croiraient-ils supérieurs ? Supérieurs en quoi, et pourquoi ? Je vois bien qu'ils ne sont pas comme moi, mais je n'admets pas qu'ils puissent se croire supérieurs à moi. C'est vrai, ils sont beaucoup plus grands que moi, mais qu'est-ce qu'ils sont maladroits ! Les pauvres, ils sont handicapés : comme ils font en permanence de l'équilibrisme sur leurs pattes arrière, ça les grandit, c'est vrai, mais c'est au prix d'un manque d'agilité, de souplesse. Je suis d'ailleurs étonnée de ne pas les voir tomber plus souvent. J'en serais presque à les admirer, mais non quand même, surtout que je pense que leur taille les rend arrogants. S'ils marchaient comme il faut, à quatre pattes, ils seraient bien moins grands, et ça leur en rabaisserait peut-être un petit peu le caquet. Mais bon, s'ils préfèrent jouer au coq, libres à eux. Un coq qui serait géant, comme on n'en connaît pas. À la télévision, j'ai vu des bipèdes comme eux, avec une longue queue, c'étaient de gros lourdauds. Je n'en ai jamais vus comme ça dans le quartier. Il se pourrait que ce soient des bipèdes qui aient disparu, ou qui vivent plus loin. Encore un mystère de plus. En tout cas, s'ils ont disparu à cause de leur taille, les bipèdes du quartier feraient bien de se méfier qu'il ne leur arrive pas pareil.

Un autre fait curieux à signaler : les bipèdes se mettent une sorte de peau (?), mais une peau vraiment curieuse, en général très épaisse, à leurs pattes arrière. Sauf en été, où leurs pieds peuvent être à nu, ou presque. Et vous n'allez pas me croire : quand ils marchent, on les entend de loin ! Comment voulez-vous qu'ils attrapent une quelconque proie en faisant tant de tapage ? Non, la nature ne les a vraiment pas gâtés ! Je dois préciser quand même que leur dessous de patte est assez doux quand il n'a pas de peau superflue :

pourquoi alors mettre une peau supplémentaire ? S'ils chassaient sans cette peau supplémentaire, ils feraient beaucoup moins de bruit, et les proies tomberaient peut-être comme des mouches ! Non, je ne crois pas, j'exagère, mais ce serait quand même plus facile pour eux.

J'oubliais de parler du principal : les bipèdes ne marchent pas sur la pointe des pattes comme moi, ils plaquent au sol toute la longueur du bout de leurs pattes arrière ! Incroyable ! Et leurs pattes n'ont pas de griffes, même leurs pattes avant ! Que voulez-vous faire avec ça ? Ils ne peuvent s'agripper à rien, faute de griffes ! Parfois, je les plains vraiment ! Quant à leur nez, n'en parlons pas ! Je me suis aperçue que les bipèdes n'avaient pas de nez – ils ont bien un nez, mais il ne sent pas grand chose – pas étonnant qu'ils mangent n'importe quoi, beaucoup d'herbe et de choses bizarres ! C'est vrai, il m'arrive de manger de l'herbe à moi aussi, mais un bon repas, c'est avant tout de la viande, de la chair, quelque chose de vivant, de concret, et non je ne sais quoi qui viendrait de ce qui sort de la terre. La terre, c'est pour chasser, mais pour manger, il faut des bestioles, des os qui craquent, il faut que ça se sente, que ça vibre ! Enfin, c'est mon goût perso !

Ah ! pauvres bipèdes ! Oui, quand j'y pense, je comprends qu'ils aient de quoi être lunatiques, il ne faut pas trop leur en vouloir. De toute façon, dans l'ensemble, je m'entends bien avec les miens, et je veux bien les garder encore. Quoique, si vous m'en trouvez de meilleurs, je suis toujours preneuse, mais j'aurais du mal à m'y habituer, je n'aime pas trop le changement. Et puis les autres bipèdes, ce n'est pas pareil, je m'en méfie, sauf ceux que je connais un peu. Il me semble que deux bipèdes que je vois parfois ont un lien de parenté avec Lui et Elle, mais cela reste à éclaircir. Moi-même, j'ai eu des petiots, mais ils ont disparu du jour au lendemain. J'ai eu beau les chercher, impossible de les retrouver. C'était il y a longtemps maintenant. Mais bon, tout cela ne m'empêche pas de dormir, et c'est bien là le plus important. Pour le reste, tant que j'ai à manger et qu'on me laisse vivre ma petite vie tranquille, tout me va, je ne suis pas contrariante. De toute façon, c'est moi qui fais la loi chez moi, Lui et Elle, je les mène par le bout du nez. Ils ont bien de la chance de m'avoir. Que feraient-ils sans moi, d'ailleurs ? C'est vrai que parfois, comme ils sont lunatiques, ils piquent leur crise, mais ça ne dure pas.

Et ma conclusion sur ce livre ? J'ai entendu plusieurs fois Lui prononcer le mot « conspiration ». J'ai cru comprendre qu'il essayait de m'expliquer patiemment ce que cela voulait dire, et qu'il attendait mon avis, mais je n'ai absolument rien compris. Je n'ai donc aucun avis. De toute façon, tout cela ne m'intéresse pas. Du moment que Lui me parle tranquillement, moi je ronronne sereinement. Je ne sais pas s'il veut que je conspire ou pas, moi je veux bien tout ce qu'il veut, pourvu qu'il me caresse et me nourrisse, et qu'il me laisse mon quota réglementaire d'heures de sommeil. Pour le reste, si vous voulez vous aussi mon avis, je serai du même avis que vous, si cela peut vous faire plaisir et que vous ne comptez pas m'embêter. Vraiment pas contrariante, vous dis-je.

Et n'oubliez pas que... (cette conclusion ne porte ma patte, mais bon, chat va...) :

– Chaque chat heureux est un chat chaleureux.
– Chaque chat chaleureux est un chat heureux.
– Chaque chat qui chaparde de la chapelure, ou qui se chamaille, a droit a un châtiment : des chatouilles.
– Chaque chat qui a du chagrin a voix au chapitre pour avoir un chat faisant le pitre pour le rasséréner.
– Chaque chat échaudé craint l'eau froide.
– Chaque chat à bord d'une chaloupe reste un chat.
– Chaque chat dans un chalet reste un chat (beau).
– Chaque chat châtain qui donne sa langue au chat à un chat-huant, à un chacal, à un chapon ou à un chaman, reste un chat (ou un chaton s'il est petit et mignon).
– Chaque chatte qui réussit à faire un entrechat (ou qui réussirait, plutôt) reste (resterait) un chat.
– Chaque chat qui sourit à une souris reste un chat.
– Chaque chat qui subit des crachats reste un chat.
– Chaque chatte qui reste coite ou pantoise reste une chatte.
– Chaque chat châtré reste un chat.
– Minet, minette, minou, matou, chatte : tout ces mots ne désignent pas forcément des chats. Se méfier des imitations. Noter aussi que la Journée internationale du chat est (presque) à la mi-août.

Et voici encore deux proverbes, qui valent moult démonstrations sur la théorie de la relativité :

– Le chat est un lion pour la souris.
– C'est quand le chat est repu qu'il dit que le cul de la souris pue.

Et voilà ! Nous sommes arrivés au bout...

Le chat a deux côtés :
un côté frondeur, et un côté mignon.
En plus, il est facile à dessiner...

Sommaire

*

Un petit avis sur ce livre ? Tous les commentaires sont les bienvenus, ainsi que les notations, que ce soit sur les sites de vente, les sites de bibliophiles ou sur les réseaux sociaux.

Un dernier mot ? Les chats nous connaissent mieux que nous ne le pensons. Tels des espions, ils connaissent nos habitudes, nos horaires, ils savent qui nous voyons et de quelle humeur nous sommes, ils reconnaissent notre voix et les odeurs que nous portons (d'autres chiens ou chats, par exemple) et, surtout, ils savent comment s'y prendre pour obtenir ce qu'ils veulent. Est-ce de la manipulation de leur part ? Ou n'est-ce pas plutôt la preuve de leur intelligence ?

Est-ce un cauchemar ?
Des chats rêvant que
« quand le chat n'est pas là, les souris dansent ».
Ou que mulots et oiseaux veuillent faire la paix ?

Loin de tout cauchemar,
portrait d'un chat domestique portant collier.

Un chat heureux dans un foyer chaleureux
où tout est chatoyant.

Opticon Tessour (1950-2049)
philosophe et président de la République française

Notre ancien président Opticon Tessour n'est plus.

L'auteur, qui fut le préfacier de deux de ses livres, nous apporte ici son témoignage sur la vie et la philosophie de celui qui fut notre président de la République le plus âgé, mais aussi le plus épris de sagesse.

Il retrace ici les grands événements de ses mandats, et récapitule quels furent les enseignements d'Opticon Tessour sur le bonheur et les grands principes de la République.

Le livre de Joël Carobolante
« Opticon Tessour (1950-2049) » (136 pages)
est vendu en ligne sur les sites
comme Amazon, la Fnac, Cultura, etc.,
au prix de 6,99 euros en version papier
et 1,49 euros en version numérique

L'entonnoir de la vie

L'entonnoir de la vie ? Quel rapport peut-il y avoir entre la vie et un entonnoir ? La vie serait-elle comme un entonnoir ?

Quand on entre dans la vie, l'univers des possibles est déjà limité, comme avec un entonnoir. Puis, avec les années qui passent, cet univers se rétrécit, et l'on glisse inexorablement vers sa fin, tout comme avec un entonnoir l'on glisse vers son bout.

Mais tant qu'il y a de la vie, il y a de l'espoir !

Ce livre joue alors au jeu de la vie, au jeu des sept familles ramenées à deux, pour simplifier : il raconte l'histoire de deux familles, avec leurs multiples personnalités et destins, où chaque individu est comme un entonnoir qui peut déboucher à son tour sur un nouvel entonnoir, et la vie se prolonger ainsi indéfiniment. Cela fait au final tout un tas d'histoires qui témoignent de la vie de tous ces émigrés et Français de souche qui ont fait la France actuelle. D'un entonnoir à l'autre, c'est l'histoire de plusieurs vies, c'est l'histoire de la France d'hier et d'aujourd'hui.

Le livre d'Opticon Tessour
« L'entonnoir de la vie» (117 pages)
est vendu en ligne sur les sites
comme Amazon, la Fnac, Cultura, etc.,
au prix de 6,49 euros en version papier
et 1,49 euros en version numérique.

Autres livres, sous le nom d'Opticon Tessour :

Tout cela a-t-il un sens ?

Comprendre la vie, le monde et l'histoire
grâce aux... poissons rouges !

Comment expliquer le monde qui nous entoure, ce tourbillon de vie qui entraîne tout ce qui existe ? Pourquoi la vie ? Pourquoi la mort ? Tout cela a- t-il un sens ? Opticon Tessour, le chercheur français mondialement inconnu, formé dans les plus grandes universités comme Cambridge et Harvard, dérange les mythologies, les religions et la théologie, la philosophie, l'histoire, la science et la littérature pour tenter d'expliquer l'inexplicable. Dans un style limpide comme l'eau de pluie que traverse l'arc-en-ciel un jour d'été, il dévoile enfin le pourquoi du comment du sens de l'histoire. Et cela, grâce à ses poissons rouges ! Ceux-ci, pourtant muets comme des carpes, nous donnent ensuite leur point de vue, ou du moins celui d'Opticon Tessour lui-même qui, s'étant assoupi dans son spa après un repas bien arrosé, s'est vu en poisson rouge. Opticon Tessour a alors tout compris : le Big Bang, la naissance des atomes, puis celle des poissons rouges, leur vie mouvementée, leur destin singulier, et partant celui de l'Univers entier.

Les poissons rouges peuvent-ils nous apprendre à être heureux comme des poissons dans l'eau ? Ou simplement à nous imprégner de leur ineffable sérénité ? Voici un livre pour en être persuadé. C'est en tout cas l'opinion qu'Opticon Tessour partage avec lui-même. Cela peut avoir du sens, et puis l'histoire ne devrait pas finir en queue de poisson ! Afin de tirer le meilleur parti de ce livre, il ne vous sera pas nécessaire de vous mettre dans la tête d'un poisson rouge, ni de demander à votre poisson rouge préféré des explications si vous ne comprenez pas tout, mais peut-être qui sait si entre lui et vous, les similitudes ne sont pas plus grandes qu'escompté ? Dans ce cas, les réponses données à vos poissons rouges ou par les poissons rouges seraient aussi les vôtres, et vous pourriez alors comme eux nager dans leur apaisante sérénité...

Le livre d'Opticon Tessour
« Tout cela a-t-il un sens ? » (558 pages)
est vendu en ligne sur les sites comme
Amazon, la Fnac, Cultura, Lireka, Leslibraires, etc.,
au prix de 18,99 euros en version papier
et 2,99 euros en version numérique.

Le cri du poisson rouge

Le cri du poisson rouge ? Mais quel peut être ce cri, puisque les poissons, rouges ou non, sont tous muets comme des carpes ? La nature de ce cri, c'est ce que ce livre vous propose de découvrir, ainsi que plusieurs anecdotes concernant les poissons, rouges ou non. Des anecdotes qui en disent aussi beaucoup sur le genre humain lui-même.

Opticon Tessour, le célèbre auteur de *Tout cela a-t-il un sens ?,* signe ici un livre qui fera date pour qui s'intéresse aux poissons, rouges ou non.

À sa demande, Joël Carobolante, trésorier honoraire de l'Association ataraxique des amis des animaux aquatiques et des amphibiens, a accepté bien volontiers de préfacer cet ouvrage.

Le livre d'Opticon Tessour
« Le cri du poisson rouge » (104 pages)
est vendu en ligne sur les sites
comme Amazon, la Fnac, Cultura, etc.,
au prix de 5,99 euros en version papier
et 1,49 euros en version numérique.

Élisez-moi à l'Élysée !

Opticon Tessour vous demande de l'élire à la présidence de la République dans ce livre qui présente le candidat, ainsi que son programme, pour l'élection de... 2037 !

Ce n'est pas qu'Opticon Tessour s'y prenne en avance, c'est que l'action de ce livre se situe en 2033. Pourquoi 2033 ? L'auteur veut sans doute anticiper sur lui-même, être en avance sur son temps. Allez savoir...

En tout cas, tenez-vous prêts, informez-vous, lisez donc le livre d'Opticon Tessour dès maintenant !

Ce livre est la transcription d'un entretien accordé par l'auteur à Pierre Pratlong, du journal « Le cri du poisson rouge ».

Le livre d'Opticon Tessour
« Élisez-moi à l'Élysée ! » (112 pages)
est vendu en ligne sur les sites
comme Amazon, la Fnac, Cultura, etc.,
au prix de 5,99 euros en version papier
et 1,49 euros en version numérique.

Et pour finir... ne croyez jamais n'importe quoi !